講談社文庫

猫は抱くもの

大山淳子

JN018716

講談社

目次
contents

はじめに

青目《あおめ》川をご存知ですか？

東京郊外にある、あまり大きくない川でして、架かっている橋はみな短いものです。

その中に、ねこすて橋という、ちょっと変わった名前の橋があります。

幅が結構あって、腕の良い運転手なら、三トントラックをぎりぎり一台通せます。

短いです。ものの十秒もあれば渡ることができますが、幅がたっぷりあるので、散歩中の人が欄干《らんかん》にもたれて川を見下ろしたり、学校帰りの子どもたちが座って漫画を読んだり、橋ということを忘れて、くつろぎたくなるスペースです。

欄干にはひらがなで『ねこすてばし』と書いてあります。

橋ができたのは今から百年も前です。

このあたりは物流の町でした。

川を水路として使い、船で物を運んでいたのです。船といっても、細長い和船です。船尾の艪《ろ》を人が左右に振って、船を進ませます。川そのものが大きくないものですから、船もおのずとささやかなものでした。

周囲には土蔵がたくさんありました。

蔵主《くらぬし》は問屋や商店です。彼らはねずみ対策に猫を飼っておりました。儲《もう》けの多い店は土蔵を建て替えます。建て替えた蔵は西洋式で、ねずみの居場所はありません。つまり、猫は要らなくなるのです。

当時、はぶりが良いことの象徴として、「ねこすて」という言葉がありました。

「旦那さんのとこ、今年はねこすてかい？」

「いやあ、それほどでもないよ」

このように使われた隠語です。「売り上げ倍増」なんて言おうものなら、泥棒に入られるかもしれませんからね。

ねこすて橋は蔵主たちが共同出資して架けました。商人《あきんど》が商売繁盛を願って縁起の良い名前を付けたというわけです。「この橋に猫を捨ててもいいですよ」という意味ではありません。

さて、百年経った現在、このあたりはもうすっかり住宅街となりました。

土蔵はもちろん、倉庫も無いし、川に船は浮かんでいません。水量は減りましたが、水質は向上し、川の両側には遊歩道ができて、ジョギングする人が眺めるのに心地よい風景となりました。

橋の名前の由来を知る人はもういません。

周囲には猫の姿をちらほら見かけます。

西洋式倉庫で職を失った猫の末裔《まつえい》かもしれません。橋の名前の影響も少しはあるでしょう。

ここの猫たちは、時たま橋の上で集会を開いているそうです。

夜です。

勝手気ままな猫たちが、ひとところで集会？

そんなこと、するでしょうか？

するとしたら、なぜ？

ちょっと覗き見してみましょうか。

第一話

良男と沙織

良男

良男《よしお》は今夜、沙織《さおり》と寝る予定だった。

「夜、ひとりは寂しいの。朝まで一緒にいたい」

沙織にそう言われたからだ。

言われたのはずいぶん前のことで、いつだったか思い出せないが、それから毎日、どうやって沙織の願いを叶えようか、良男は無い頭をしぼって考えた。

沙織と寝るには難関がある。

まず、沙織の部屋をつきとめねばならない。

そして、侵入しなければならない。

沙織とのつきあいは二年になるが、彼女の部屋に呼ばれたことはない。

沙織はいつも突然向こうからやって来て、おしゃべりを始める。話す時には必ず良男の体のどこかに手を触れている。

そこには「愛」がある。ゆるぎない「愛」だ。

沙織のおしゃべりのほとんどは、完全理解が難しい。つまり沙織は、説明がうまくないというか、わからせようという意志をハナから持ち合わせていないようだ。

それでも良男は沙織のおしゃべりを好んだ。

その下手くそな話のところどころに必ず「良男が好き」「良男は最高」が入ってるので、耳に心地よい。だからけして途中で席を立つことはしなかった。

「良男が好き」と言われるたびに、気力が充実した。「良男は最高」と言われるたびに、世界が手に入ったような万能感が持てた。

さらにそのおしゃべりにはご馳走《ちそう》が付いていた。

沙織は良男のもとに来る時、必ずバスケットにご馳走を詰めて来る。「良男が好き」な上に、腹まで満たされるというわけだ。

一方、沙織の自己中心的思考は見事なもので、良男の問いかけにはいっさい回答しないし、良男がうとうとし始めると、いなくなってしまう。

そういう関係だったから、二年ものつきあいの中で、沙織がどこに住んでいるのか、聞くことはできなかった。

手がかりはあった。沙織のおしゃべりをさんざん聞かされているので、彼女の家の周囲の風景、おおよその外観、高さなどを把握できた。

「朝まで一緒にいたい」と言われてから苦節?日（記憶がない）。手がかりに従って捜しに捜し、本日ついに家を見つけた。

夜一緒に寝る。

この目的は成功する目前であった。

しかし、つまずいた。侵入で、つまずいた。

良男はそのあたりの事情を今しみじみと思い出すゆとりはない。

現在、不本意ながら川の中にいる。川の中で、流されている。

見るには好きな川だが、中に入ってみようなどとは、つゆにも考えたことがない。

手足をばたばたさせるが、有効ではなく、どんどん流されてゆく。息ができないし、痛いほど冷たい。最初は体が凍るかと思ったが、むしろぐにゃぐにゃになり、やがて腹部に強い衝撃を感じた。

その後しばらくの間気を失っていたようだ。

目を開けたら、猫の足が見えた。

そこは橋で、橋の上や欄干に無数の猫がいた。

良男は橋のたもとの地べたで、ぐったりと横になっていた。目は開けたものの、動く力は残っていない。川にすべてを吸い取られてしまったようだ。

夜だ。

顔を傾けて上を見ると、星が光っている。良男がまず考えたのは、沙織は今どうしているだろうということだった。

「生後半年といったところかな」

闇の中で猫が言った。

「いや、奴は大人だよ」

「濡れているから、小さく見えるのよね」

「人に投げ込まれたのかな」

「水を飲もうとして足を滑らせたんじゃねえの？」

「そこまで馬鹿ではないだろう。魚を獲ろうとしたのだろう」

「おい待て。魚を獲ろうとして川で溺《おぼ》れるのと、水を飲もうとして足を滑らせるのと、どちらが馬鹿かというと、解釈によるんじゃないか？」

「今夜の議題はそこが論点となりそうね」

良男は耳を疑った。猫たちの話がはっきりとわかる。川に溺れて頭がおかしくなってしまったのだろうか？

「おい見ろ。起きたようだぞ」

「死ななくて良かったわ」

「話をそらすな。論点がずれてる」

「論点ってなんだ」

「だから魚を獲ろうとして溺れるのと」

「水を飲もうとして足を滑らせるほうが、馬鹿度が高いと思うぞ」

「なぜだ」

「水には無いが、魚にはあるもの。その心は？」

「脳だ」

「しかしその脳は限りなく小さい。小さい脳なぞ無いほうがましかもしれぬ」

「黙れ。水だの魚だの、コトの本質ではない。こいつの目を見ろ」

「目？」

「青い」

「おお！」

「真っ青だ」

「ひょっとしたらこいつは」

「青目川の精か？」

わけのわからぬ会話をしながら、猫たちはしかるべき距離をもって、良男を見つめる。間隔を詰めるものはいない。

良男は半身を起こした。

すると猫たちは一歩後ずさりした。

良男はゆっくりと周囲を見回す。

川の両側が遊歩道になっており、木が繁っている。街灯が等間隔にあって、川面をぼんやりと照らしている。昼間は透き通った水に見えるが、今は深く暗い色をしている。良男は決意した。あの中には二度と入るまいと。

川に流されて知らない場所へ来てしまった。

しかし川を遡《さかのぼ》れば元の場所に戻れる。それは間違いない。

良男はだから落ち着いていた。大胆にもあくびをしてみせた。すると猫たちは「おお！」と感嘆の声を上げた。

「おお！　おお！　おお！」

感嘆は伝染した。

ひとつだとささやかだが、あまりにも多くの猫がいるため、ものすごく騒がしくなった。まるで花火みたいだと良男は思う。感嘆花火。

「何を騒いでいるのですか」

こんもりとした柘植《つげ》の茂みの奥から、しわがれた声がした。

猫たちはかしこまった。その証拠に猫たちの言葉が急に丁寧になった。

「青目川の精が、とうとう見つかりました」

すると茂みの奥から、笑いとも咳《せき》ともつかない音がした。

猫たちは心配そうに茂みを見つめている。みんなにとって、何かとてつもなく大切なものがそこにある、そのように良男は感じた。

「青目川の精など、迷信ですよ」

しわがれた声と共に茂みが揺れ、中から白いかたまりが現れた。

猫たちは少しだけ身を低くした。

良男はかたまりの姿を見て、ひるんだ。

でかい。見たこともない不気味な姿をしている。

でかい。長い毛はほつれ、ところによりダマになっている。

でかい。四角い顔で、片目をつぶっている。

でかい。耳の片方が真ん中あたりで折れて前にぶらさがっている。

それにしてもでかい。開いているほうの目は黄金色に輝いている。長い尾を地面に引きずっている。肩を揺さぶるようにして、右、左と、少しずつ前に進む。

その得体のしれない怪物は、ゆっくりと良男に近づいた。良男は後ずさりだけはするまいと、足を踏んばり、胸を張る。

怪物は良男を見下ろすと、ささやいた。

「青い目のあなた」

怪物の口からは不思議な匂いがした。花のような甘さと、水のような冷たさが混ざった、不思議な匂いだ。

「びっくりしていますね。わたしが怖いのですか？」

良男は答えに窮した。しかし、びびって答えられないのではないということを示す必要があった。そこで、気になっていることを正直に聞いた。

「なぜ目をひとつしか開けないんだ？」

猫たちはざわついた。

「おそれおおい！」

「タメ口をきいてるわ」

「なんてこった」

「誰だ、こいつを助けたのは」

「助けたわけじゃない。魚と思って引き上げたら、こいつだったんだ」

「生意気野郎め」

「川へ戻せ」

非難の声が続々と聞こえる。良男は平気だ。猫なんぞの戯《ざ》れ言、どうでもいい。

怪物は気を悪くしたふうもなく、静かに答えた。

「片方の目が無いのです」

「落としたのか？」

「そんなところです」

良男は怪物が気の毒になった。目がひとつだと風景は半分しか見えないだろう。

怪物は言った。

「青い目のあなた、あなたは何ものですか？」

「俺は良男だ」

猫たちは、おおっとざわついた。

「良男ですってよ」

「人間きどりめ」

「打ちどころが悪かったんだ」

怪物は猫たちを見回した。なにせ片目しか無いものだから、迫力は無い。ごく自然な優しい眼差しだったが、みんなぴたっと口を閉じた。この怪物はみんなにとってつくづく大切な存在らしい。

良男は不思議に思う。

でかいけど、怪物は弱々しいたたずまいだ。言葉つきはとても丁寧だし、怖くない。みんな何をもってこの怪物を尊重しているのだろう？

強くないものを敬《うやま》うなんて、良男には理解できない。

怪物はしわがれた声で品の良い言葉を続けた。

「では良男さん、あなたはなぜ川にいたのですか？」

「落ちたんだ」

「どこからですか」

「三階から」

「三階？　住んでいたのですか？」

「三階に住んだことはない」

「じゃあ、どうしてそこから落ちたんですか？」

「沙織のうちが見つかったんだ。ここらへんだとあたりをつけ、塀をよじ上った。三階のベランダの手すりにたどりつくと、窓の向こうに沙織が見えた。その時、足を滑らせた」

「沙織さんとは、どういうご関係ですか」

「恋人だ」

くすっと、誰かが笑った。

「沙織さんは飼い猫ですか」と怪物は問うてくる。

良男はイラッとした。

「女性だ。もちろん、人間だ」

猫たちはゲラゲラ笑った。

笑い声よりも良男を傷つけたのは、怪物の目だ。気の毒に、という目をしていた。

「良男さん、しっかりと聞いていただけますか」

「さっきから聞いてるよ」

「あなたは猫ですよ」と怪物は言った。

良男はそんな馬鹿なと思った。

俺は人間だ。急に猫の話がわかるようになった人間だ。

怪物はゆっくりと言い聞かせるように話した。

「前足を、いや、手を見てごらんなさい」

良男は手を見た。それは毛だらけの前足にほかならなかった。まぎれもなく自分の前足で、見覚えがある。

良男は混乱した。

俺はいつから猫になってしまったのか。

「落ち着くのです」と怪物は言った。

「忘れっぽいのは猫の特徴です。昔のことは忘れていいんですよ。そのほうがいろいろ都合が良いこともあるんです。でもあなたは猫です。そのことは覚えておいたほうが身のためですよ」

良男は沙織の顔を思い出した。すべすべの頬。温かいてのひら。沙織の家。建物の三階。窓の灯り。よじ上る俺。滑り落ちる俺。川に落ちる俺。

そこまで考えると、良男は激しい頭痛にみまわれ、水を吐いた。どんどん吐いた。これだけの水、どこに入ってたんだろうと思うほど吐いた。

そして再び意識を失った。

次に目覚めた時、良男は大きな桜の木の根元にいた。昼間の匂いがする。川沿いの道を人が通っているのが見える。自転車に乗った高校生も通り過ぎた。

例の橋はすぐそこだ。夜の光景が嘘のように、猫たちの姿は見えない。

良男はもうすっかり、自分が猫であることを認めていた。

なぜいっときでも自分を人間だと思い込んだのか。不思議なくらいだ。生まれてからずっと猫だったではないか。

川で流された時、大量の水を飲んだ。それで脳の働きがちょっとだけおかしくなったのだろう。

「目が覚めた?」

話しかけられた。三毛猫の女子《じょし》だ。良男はひるんだ。どこを見て話せばいいのか、とまどうような顔をしている。顔じゅうにベージュと黒が、まるで泥がはねたようにぼつぼつと散らばっており、目の存在を消しているのだ。

カアカアカアカアカア!

頭上をカラスがけたたましく鳴きながら飛んで行った。三毛猫女子はこちらにくるりと背を向け、空を見上げた。

体は美しい。全体に白で、背中に明るめのベージュの大きな楕円がひとつ、その下に小さな黒い丸があって、アクセントになっている。顔だけ、残念なデザインだ。

三毛猫は残念な顔をこちらに向けて言った。

「もう朝ごはんは済んでしまったの。夕ごはんまでにはだいぶ時間があるわ」

ピンクの鼻がひくひくしている。目がどこにあるのかわからないから、ピンクの鼻ばかり見てしまう。

「夕ごはんまで保《も》つ？　もし緊急性があるのなら、奥の手があるけど」

「緊急性は無いよ」

良男は毛繕いをした。落ち着くためだ。毛はもうすっかり乾いていたが、舐めると川の味がした。

「俺は夜しか食べないんだ」

「それ、決まりごと？」

「決めてはいないけど、ずっとそうだったから」

「だからあなた、体が細いのよ。朝ごはんも食べてみればいいのに」

良男は自分の体が細いことを知らなかった。そんなに細いだろうか。猫とのつきあいが無いので、わからない。

すぐにでも元いた場所へ帰りたいが、後ろ足に痛みを感じた。見ると、足首が腫《は》れている。どうやらくじいてしまったようだ。たぶん三階から落ちた時だ。じっとしていると平気だが、立つとビーンと痛みが走る。

長い道を歩くことは当分できそうにない。

「二週間で治るそうよ」と三毛猫は言った。

「わかるのか」

「あのかたがそうおっしゃっていたから」

「あのかた？」

三毛猫は柘植の茂みを見た。良男はあの怪物のことだとわかった。昼間はあそこに身をひそめているのだろう。

「あいつは、誰だ？」

「あのかたは名前をおっしゃらないの。だからみんなあのかたを好きなふうに呼んでいるわ」

「あのかたは猫なのか？」

三毛猫はふふふと笑い、「おかしなことを聞くのね」と言った。

「あのかたはあのかたよ。神様と呼ぶ猫もいるわ。その猫にとっては神なの。仏様と呼ぶ猫もいて、その猫にとっては仏なの。あなたも思ったまま呼べばいいわ」

良男は脳内で怪物と呼んでいるが、そのことは内緒にしようと思う。

どういう理由か知らないが、怪物はここいらの猫に尊敬されているようだ。神だの仏だの、宗教的な匂いすらする。宗教は争いのモトだと聞くし、二週間はここにいるしかないので、波風を立ててはいけない。

「君には名前があるの？」

「わたしはキイロ」

良男はあれっと思った。この三毛猫はキイロよりピンクという名前がふさわしい。鼻がチャーミングだからだ。

良男はその日の夕方、キイロの指示に従って、例の橋に行った。すぐ近くなので、なんとか歩けた。

橋の名前はねこすて橋。

朝と夕方、猫たちにごはんを与えに来る人間がいることを教えてもらった。キイロが「そろそろよ」と言うと、本当に人間が現れた。

まず背の高いおばさんが登場し、銀色の皿を五つ並べた。そこへ缶詰の中身をフォークでほぐしながら均等に入れた。

しばらくすると背の低い白髪のおばあさんが現れて、やはり五つの皿を並べた。白いプラスチックだ。ドライフードがざらざらと入れられた。

そのあとに背が普通のおじさんがやって来て、瀬戸物の茶碗を十個並べ、そこにペットボトルの水を注いだ。

三人の人間はバラバラに登場し、「寒くなりましたね」などと挨拶を交わしている。

昨夜良男を取り囲んでいた猫たちが、わらわらと地面から湧くように現れて、ごはんを食べ始めた。何匹いるのかわからないが、夜の集会ではもっと数が多かったような気がする。

キイロが言うには、「序列や順番は気にしないで、好きなものを好きなだけ食べて良い」そうだ。ねこすて橋の猫に、ヒエラルキーは無いらしい。

例の怪物はごはんを食べに来ない。

良男は今までほかの猫と一緒にものを食べるという経験がなかった。だからすぐには近づけず、ぼんやりとみんなが食べる様子を見ていた。

缶詰が人気で、多くの猫は銀の皿に集まった。

おそるおそる白いプラスチックの皿に近づいてみる。すると気を遣ってくれたのか、キジトラが別の皿へ移動した。

良男は静かに食べ始めた。沙織以外の人間からごはんを貰うのは初めてだ。沙織がくれるごはんと違う味だが、腹が減っていたので、夢中で食べた。

うまかった。沙織のごはんでは無いのに、おいしく感じてしまったことに、良男は後ろめたさを感じた。

「新入りがいますね」

水係のおじさんが言った。

「捨てられたんでしょう。かわいそうに」

ドライフード係のおばあさんは言った。

「いや、迷子かもしれません」

背の高いおばさんは眉間に皺《しわ》を寄せた。

「首輪はないけど、これ、ロシアンブルーでしょう？　飼い主が捜してるかもしれないから、迷子猫のサイト、覗いてみます」

おばさんは四角いものを出して、指先でするすると触っている。

良男はそれが「スマホ」という名前の万能グッズだということを知っている。沙織の長話を二年も聞き続けているので、良男は人間の生活というものをおおよそわかっている。と、自分では思う。猫としての社会性は皆無だが、人間界のことなら任せとけ。と、自分では思う。

三人の人間たちは猫たちがひととおり食べ終わると、皿や茶碗を持って立ち去った。一時間くらいいただろうか。三人ともひまじんのようだ。

良男は再び桜の木の下で体を休めた。

キイロはずっとそばにいるわけではなく、たまに様子を見に来る程度だ。「生きてるわね」と確認するようにつぶやくと、どこかへ行ってしまう。

朝と夕方はねこすて橋で人間からごはんを貰い、あとはここで休む。良男はそうして日を過ごし、一週間が経った。傷んだ足は徐々に回復している。

だんだんこのあたりの様子もわかってきた。

夜になるとねこすて橋には猫が集まって来る。毎晩ではなく、二、三日に一度で、誰が号令をかけるわけでもない。

「あの集まりはなんだ?」とキイロに尋ねても「さあ」と明確な答えは返ってこない。

なんとなく集まって、なんとなく解散するらしい。

どの猫に尋ねても「理由なんて知らねえよ」と言う。

「今夜は集まらねば」と、強く、なんとなく思うのだそうだ。

不思議なことに、必ず誰かがその日、議題を持って来る。

たとえば猫が川を流れて来て、それを誰かが救い出して、その猫が自分を人間だと思っている時は、みんなでその猫の処遇について話し合わねばならない。良男は途中で気を失ったけど、あのあと、良男の面倒をみるのはキイロというふうに決まったというか、話の流れでそうなったようだ。

良男はその後、足が治ったら出て行くと宣言したため、居候猫扱いとなり、みんなの関心は薄れた。

集会では、どこそこの猫が赤ちゃんを産んだとか、あそこで猫が車に轢《ひ》かれたとか、猫に関わるさまざまな出来事や事件が話し合われる。何かを決めるための会議ではない。ただ話し合うことで、みな心が落ち着くらしい。

現在一番問題になっているのは、毒物をごはんに混ぜて犬や猫に与える人間が出没しているらしいということ。目撃した猫はいないし、体験した猫もいない。実際に食べた猫は死んでしまっているに違いなく、集会には参加できないからだ。

集会には飼い猫も参加する。

そのニュースは人間界の話題として、こちらに入ってきた。

そういう極悪人に対し、猫はなすすべがない。対処法として、「ねこすて橋に来る三人以外から食べ物を貰ってはいけない」という意見があった。そして、それ以上の良策は出なかった。

あの怪物は基本的には集会に現れない。言い争いや喧嘩が起こりそうになったり、騒がしくなった時に、ふらりと顔を出す。

先日は黒猫と白猫が、互いにどちらが美しいかで言い争っていた。どちらも男子だ。人からごはんを与えられてきた猫の歴史において、狩猟の腕はたいした価値をもたない。美しければ美しいほど人に愛され、生き残る。ゆえに、美にこだわるのは生存本能なのだ。女子は男子ほど見た目にこだわらない。「美しさよりも、しぐさの愛らしさこそが人の気を惹く」と、心得ているからだ。

その夜、黒猫と白猫はだんだんエスカレートして戦闘態勢に入ったため、怪物が現れた。

「どちらもわたしよりも美しいことには間違いない」

そう怪物が言い、黒猫も白猫も納得して諍《いさか》いは終わった。

そんなへにもならん理屈になぜ納得するのか良男にはわからない。たぶん怪物はひとつの指針なのだろう。

ある時、柘植の茂みに戻ろうとする怪物に、良男は話しかけてみた。

「集会の意味は、共通の認識を持つことなのだろうか」

怪物は微笑んだ。普通、猫は顔で微笑むことはできないが、怪物はできる。

「そうやってすべてに意味を見つけなければいられないところは、人間的ですね」

人間的と言われて、良男は沙織を思い出した。

沙織のところへ戻るために足が治るのを待っているわけだが、こうしてねこすて橋で暮らすうち、自分が猫だという自覚が日々強くなっていく。

なぜ自分は猫なのに猫とつきあわず、沙織とつきあっていたのか。二年も。そもそも沙織とは、どこでどうやって出会ったのか、良男は覚えていない。

気が付いたら暗い家にいて、沙織を待っていた。

その家には屋根はあるが、窓は上のほうにひとつあるだけで、ひどく小さい。いつも誰もいなくて、しーんとしている。つまり、良男の家だ。段ボール箱の山があり、そこを上ることができ、すると小さな窓から外が見える。外は、灰色の壁。ぱっとしない風景だ。

家の中には、段ボール箱のほかに、バケツやほうきやボトルなど、荷物がいろいろあった。荷物の間には隠れるすき間もあって、快適だった。

時たまばあさんがやって来て、ほうきとバケツを取り出す。その時良男は身を隠す。隠れるのに失敗して音を立ててしまっても、ばあさんは何もしない。耳が遠いのかもしれない。

ドアには下のほうに穴があって、自由に外へ行ける。

晴れた日はよその家の屋根に上ったり、川のそばで昼寝したりして過ごした。猫と会うこともあったが、会話はしなかった。

夜になると家へ戻る。そこへ沙織が食べものと一緒にやって来るのだ。

良男は沙織のごはんを食べ、沙織の話を聞き、沙織の愛を感じた。沙織が朝までいたことは一度もない。そこは人間が暮らす場所ではないのだろう。

沙織との時間が良男のすべてだった。沙織がいない時は、そのほとんどを寝て過ごした。良男の時間は沙織といる時間と、沙織を待つ時間、このふたつしかない。

昼間、川のせせらぎを聞けば心が休まるし、くちゅくちゅ鳴く雀を見れば心が躍る。冬の真っ赤な椿《つばき》の花は、深い感動を良男に与えた。しかしそれらすべては、沙織を待つ時間のひまつぶしに過ぎないと良男は考えていた。

ある晩、沙織が「朝まで一緒にいたい」と言った。

そして名残惜しそうに帰って行った。

朝まで一緒にいるには、こちらが沙織の部屋へ行くしかないのだ。それができたらすべての時間が沙織と同じになるのだ。

それが良いとか悪いとか判断したわけではない。

記憶にある大昔から沙織が良男のすべてだったから、沙織がそう望むなら、そのようにせねばならないと思った。

ねこすて橋の集会と同じだ。

強く、なんとなく、そう思ったのだ。

さて、後ろ足の腫れはだいぶ引いた。

「明日には歩けるわ」とキイロは言う。

「そしたら沙織のもとへ帰るのね」

「ああ」

良男は自分の返事が弱々しいような気がした。

認めるのはつらいが、ここは居心地が良い。自分が猫であることを自然と受け止められる場所だ。

あの怪物ははっきりと言った。

「あなたは猫ですよ。そのことを覚えておいたほうが身のためです」と。

あの時の、なんとも言えぬ安堵《あんど》感。

沙織の話を聞いている時、良男は自分が猫であることを忘れる。沙織が良男をまるで人間のように扱うからだ。だから良男の中に多少の混乱が生じる。

それでも良男は沙織といたかった。必要とされていたからだ。今まで窮屈さを感じたことはなかった。それはここを知らなかったからだろう。

ねこすて橋にいる時のおだやかな気分、心地よさは格別のものであった。

良男は自分を鼓舞するように、立ち上がった。

「川沿いにどんどんゆくんだ。上へ上へゆくんだ」と宣言した。

キイロは何も言わなかった。引き止める気はないようだ。良男は少しもの足らない気持ちがした。

「君は人間と暮らしたことはないのか？」

キイロは「あるわ」と答えた。

「どんな奴？」

「絵描きよ」

「絵を描く女？」

「絵を描く男」

「猫の絵を描くのか？」

「猫は描くものではなくて、抱くものなんですって」

「じゃあ何を描くんだ？」

「花とか人とか」

「花や人は抱くものではなくて、描くものなのか」

「その人にとってはそうなんでしょう」

「キイロって、その人が付けた名前？」

「そうよ。好きなんですって、キイロが。キイロの絵の具ばかり減ってゆくの。そしてキイロの絵の具ばかり買ってくる」

「なんか、おかしいんじゃないのか、そいつ」

良男はやきもちを焼いていた。絵描き男にやきもちを焼くなんて、意味が無いことだけど。

キイロはあきれたように言う。

「おかしくない人間なんている？」

良男は考えた。

沙織はひとりでしゃべっていた。こちらが理解できなくてもどんどんしゃべる。笑ったり、怒ったりも全部ひとりでする。猫の良男に、消費税がどうとか、真剣に語ってみせる。おかしいと言えば、おかしい。でもおかしいことは、何の障害にもならない。


「その男と、うまくやってたんだな」

キイロは返事をしない。

「なのに君はなぜ今ここで暮らしているんだ？」

キイロは目をつぶった。

「君も落っこちてしまったのか。一緒に寝ようとして」

キイロは返事をしない。

「そいつ、今どうしているのかな」

良男は絵描き男のことが気になってならない。正直に言えば、キイロが気になってならない。こんなに猫を気にしたのは生まれて初めてだ。

キイロは目を開けた。

「あなた、花は好き？」

「好きだ」

「どの花が好き？」

「真っ赤な椿」

沙織と一緒に見た景色が目に浮かぶ。真っ白な雪に真っ赤な椿。

キイロは気の毒そうな目で良男を見た。

「あなたが赤と思っている色は、人間が見ている赤とは違うのよ」

良男は意味がわからなかった。

「猫に赤は識別できないの」

「嘘だ」

良男は力《りき》んだ。

「沙織は椿の赤がきれいねと言ったし、俺も椿を見ていかすと思った」

「猫と人間に見える色は微妙に違うの。見えている世界が違うのよ。あなたは沙織さんと一緒にいて、すっかり思考が人間的になっているけど、どんなに仲良しでも、猫と人間の世界は一致しないの」

「絵描きもか」

「彼は特別。猫寄りな人間なの」

「猫寄り？」

「少し猫に傾いているのよ、性質が。赤が見えないの」

良男は怖くなった。毛深い人間なのだろうか。
「そいつは今どうしてる？　時々会っているのか？」
「死んだの」
良男は度肝《どぎも》を抜かれた。
人って死ぬのか！
死は知ってる。蟬《せみ》は死ぬ。蟻は死ぬ。ごきぶりも死ぬ。猫も死ぬ。動かなくなって
やがて消える。でも人は死なないと思ってた。だって人の死体はころがってない。
人が死ぬなんて。
こんなところでぐずぐずしていたら、沙織も死んでしまうかもしれない。
川をどんどん遡って行った先に、沙織がいなかったら！
沙織がいない世界なんて、想像できない。
こうしてはいられないと思った。
良男は歩き始めた。まだ少し足が痛むけれども、どんどん歩いた。キイロが後ろで
何か叫んだけれど、良男は振り返らなかった。
川上へ。上流へ。落ちた場所へ。
怪物の見立てでは、傷の完治は明日だそうだ。たった一日だが、待つことはできな

い。痛みを抱えたまま、やみくもに進んだ。

しばらくすると足の痛みが強くなった。一歩進むごとに激しくなる。

沙織、沙織、沙織。

今帰る。すぐに帰る。待ってて沙織。

日が暮れる頃、もうへばった。情けない。

腹が減って、足は腫れた。痛くて一歩も歩けない。川のほとりで横たわっていると、暗闇から誰かが現れた。一瞬警戒したが、バスケットを開ける音がした。

懐かしい音だ！　きっと沙織だ。

何かを差し出された。おいしい匂いがした。

ひとくち食べた。

一瞬で気分が悪くなった。

川で溺れた時の百倍くらいの痛みが体を貫いた。

口から泡を吹き、体がぴくぴくと痙攣《けいれん》した。

低い笑い声が聞こえた。沙織ではない。悪魔だ。

川に星が見えた。

沙織

「大石さん、悪いけど、四時からレジお願いします。アタシ、デートなんでぇ」

茶色の髪をポニーテールに結んだ若い女が手を合わせた。

手を合わされた大石沙織は、おにぎりを頬張った口で返事ができず、こっくりとうなずく。

スーパー『にこにこ堂』の裏庭は、スタッフが休憩するスペースになっている。塀に囲まれて外からは見えない。芝生があり、日が当たる。店の表にあるフードコートの椅子やテーブルが傷むと、ここに置かれる。

その椅子に座って、昼休み、沙織は自分で作ってきた弁当をひとりで食べる。スーパーの店員は休みを交替でとる。午後一時から四十五分間が沙織の休憩時間だ。ただ今一時二十五分。

ポニーテールを揺らしながら若い女が走り去るのを沙織はおにぎりを頬張りながら

見つめる。若い、と感心する。太った四十女に夕方の予定なんてあるわけないと決め込んでいるような若さだ。

沙織は思う。こちらにだって予定はある。捜しものをする、という予定だ。

食べかけの弁当を見る。おかずの卵焼きは甘く、ほどよい焦げ目が香ばしい。隣のほうれん草のごま和えも、緑が濃く目に美しい。残りの十五分で弁当を味わい、その五分後には商品の在庫チェックをしていなければならない。

秋の日差しが心地よい。

若い人たちは紫外線を極端に嫌うが、沙織は日を浴びると細胞が甦《よみがえ》るような気がする。顔や手の甲のシミなど気にならない。太陽の光は永遠で、無敵だ。なくした大切なものを再び手にすることができる。そんな気がする。

その日の夕方、沙織は七番レジで「ポイントカードはお持ちですか？」と言いながら、商品をバーコードスキャナーに当てていた。

七番レジの客の列は短い。作業が速いのでどんどん進むのだ。客は鼻が利くので、ほかのレジから七番へ移動する。それでも七番の列はすぐに短くなる。

沙織はこの仕事が好きだ。天職だと思う。

沙織は四十年前、東北で生まれた。

農業が盛んな町で、実家は工務店を営んでいた。店の片隅の小さなスペースで、雑貨も販売していた。

兄がひとりいた。両親は跡継ぎである兄を何かと優先し、大切に育てた。兄には習字を習わせ、本人がやりたいと言えば少年野球チームに入れ、学習塾へも通わせた。

沙織はお稽古ごとをさせられたことはなく、兄のお古の絵本を読んで、チラシの裏に絵を描いて遊んだ。それは自然なことだったし、沙織は自分を不幸だと思ったことはない。

兄は東京の大学に進学したが、両親は「女の子に学歴は要らない」と言った。

沙織は高校卒業後、家業を手伝うことになった。卒業祝いにレジスターを買い与えられ、経理を任された。家族経営で、それまで母はそろばんを使っていた。

中古の小型のレジスターで、下の、お金が入るところが木でできていて、上は金属製の直方体で、ボディはベージュ、数字のボタンは白、黄色、水色、緑、赤と五色並んでいる。Kunimatsu のロゴがかっこいい。

沙織はレジスターに胸を躍らせた。

図書館で借りた経理の本で帳簿のつけ方を学び、工務店と雑貨売り上げの収支をきちんとつけ、税金申告の作業もつつがなく行った。

給料はなく、今まで通り実家に住み、ごはんを食べ、母から小遣いを貰っていた。

十八歳から二十三歳までの六年間、週六日、八時間労働。長期休暇はとらなかった。

週に一度の休みの日には、自転車で近所を回ったり、うちの台所でクッキーを焼いたりして、旅行もせず、淡々と過ごした。

沙織はその生活に満足していた。一家の経理を担っているという自負があった。

二十四歳の誕生日の数日前のことだ。

東京の大学を出て東京で就職し、東京で結婚した兄が、奥さんと一緒に戻って来て、同居を始めた。

長男が家業を継ぐことになったので、両親はとても喜んだ。沙織の誕生日は忘れ去られ、その夜は兄夫婦の歓迎会となった。

兄嫁はきれいな人だった。

髪は栗色に染めて、ゆるやかにカールしていた。ピアノが得意で、ここでピアノの教師をするというので、両親は嫁のためにピアノを買った。

沙織は子どもの頃、友だちの家にあるピアノがうらやましかった。あのあこがれのピアノが我が家の居間にやってきた。ピアノが美し過ぎて、居間の壁がすすけて見えるのが気になったが、うれしさのほうが上だった。

兄嫁は優しい人で、沙織にピアノを教えてくれた。沙織はあこがれの白い鍵盤《けんばん》に触れることができ、心が躍った。兄嫁の指は細くて長かった。自分のずんぐりとした手がことさらに大きく見え、恥ずかしく思った。

近所の子どもたちが沙織の家に訪れ、兄嫁を「先生」と呼ぶのが誇らしかった。その子どもたちと自分が同じバイエルを習っていることも、誇らしかった。子どもの頃のあこがれがひとつ手に入った、そんな気がした。

ピアノを教えてもらうお礼に、沙織はこのあたりにある素敵な場所を兄嫁に教えた。

自転車で十五分ほど走った先にある秘密の沼地には、かわいらしい野鳥が木の実を食べに来る。さらに十五分ほど行くとたどりつく、わき水の飲める場所。

兄嫁は目をきらきらさせて「沙織ちゃん、すごいね」「沙織ちゃん、ありがとう」と喜んでくれた。沙織のために大げさに喜びを表してくれる、そんな気遣いがありがたかった。

沙織は家族の中で兄嫁が一番好きだった。

兄夫婦と同居して一年ほど経った頃、夜遅く目が覚めた沙織は、水を飲みに台所へ行こうとして、両親と兄が話し合っているのを聞いてしまった。

「ちょうどいいんじゃないか」

「あっちは子どもが三人いるそうだ」

「二十五でいきなり三人の子持ちになるのも、かわいそうな気がするけれども」

「離婚じゃなくて死別だから、ややこしいこともないだろう」

「沙織は器量があれだから、せめて若いうちでないと、貰い手が無い」

「あの子、自分で見つけてくるのは無理だろうしね」

「このままずっとうちにいられても困るし」

「なるべく来年の春までにね。生まれてしまってからだと、追い出すみたいになってしまって、良くないし」

沙織はそっと冷蔵庫を開けて、缶ビールを手に取り、そっと冷蔵庫を閉めて、二階の自分の部屋で飲んだ。

兄嫁は来年の春、出産する。

沙織は見合いをして嫁に行く。

このふたつがなぜ結びつくのか。沙織には不思議だった。

兄嫁が妊娠したと知ってから、誕生が楽しみでしかたなかった。もちろん一緒に育てるつもりだった。兄嫁も「名前を一緒に考えてね」と言ってくれた。「春がつく名前はどうかな」と沙織が提案すると、「いいね、春。春美とか、春彦とか？」と兄嫁は喜んでくれていた。

ところが「ずっとうちにいられても困る」というのが両親と兄の見解らしい。

沙織は傷ついた。

初めての見合いの相手が子持ちだということは、問題ではない。

あれほど一生懸命やってきた経理の仕事が、全く認められていないということに、深く傷ついていた。

「あの子がいないと経理が困る」という考えは、無いということだ。

冷蔵庫のビールは、父と兄のものだ。それを黙って飲むという、沙織にしては思い切ったことをしたら、急に何もかも、どうでもよくなった。今まで大切に守ってきたものを壊してみたくなった。

その夜、沙織は家出した。

一日の売り上げ金とレジスター一台を持って。

レジスターはかなり重たかったけれども、この家で最も大切な私物だったのだ。

母が買い出しに使っていた大きめのショッピングカートに入れて、ごろごろと運んだ。

行き先は東京。

二十五歳の秋、人生のスタートだ。

パチンコ店、新聞配達、牛丼屋、立ち食い蕎麦《そば》屋、清掃業、ビラ配り。

働き口はたくさんあった。沙織は若かったし、資格も持たないので時給が低い。職種を選ばなければ、雇ってもらえた。

しかしどこも長くは続かなかった。一年勤めると、時給が上がる。沙織は怯《おび》えた。雇い主は時給が少しでも低い新人を入れたいだろう。自分はお荷物になる。そう感じると、沙織は自分から辞めた。

「このままずっとうちにいられても困るし」

実家で聞いてしまったこの言葉がトラウマとなっていた。

そう言われる前に、逃げるように辞めた。次がすぐ見つかるので、辞めやすかったというのもある。

ところが三十の誕生日を前に急に心細くなった。三十を過ぎると求人が激減することに気付いたのだ。

ふいに実家に電話をかけてみた。母が出たら、売り上げ金を盗んだことを謝ろうと思った。ところが出たのは兄嫁だった。

「大石でございます」

沙織の胸に懐かしさがあふれた。大好きな兄嫁。喉が詰まり、言葉が出ない。

「ママ」近くで子どもの声が聞こえる。男の子だ。きゃっきゃと騒いでいる。

良かった、無事生まれたんだ。もう五歳になっているはずだ。

「春くん、静かに」と兄嫁が注意した。

ああ、春！

春彦だか春男だか知らないが、春を付けてくれたんだ。わたしが好きな季節に生まれた春くん！　わたしが付けた名前。

喉から出かかった嗚咽《おえつ》を必死で堪《こら》えた。

生まれてからの五年間を一緒に過ごせたら良かったのに、もう取り返しがつかない。

「沙織ちゃん？」

兄嫁は気付いてくれた。ありがとう、お姉さん。

沙織は無言で電話を切った。

痛みと共に、うっすらとした満足感があった。

沙織は決意した。仕事を探そう。長く続く仕事を。それから堂々と実家へ帰ろう。春くんにおもちゃのひとつも買って。

東京に居場所を作ってから帰らないと「居座られたらどうしよう」と心配される。それだけは避けたい。

押し入れを整理した。何か質入れして、仕事を探す間の生活費にしようと思ったのだ。今までのように簡単に職は見つからないと覚悟した。

レジスターくらいしか金目のものはない。古い機種だし、ろくな値段は付かないと思ったが、質屋が提示した額は七万。思いのほか良い値段で引き取ってくれた。

七万を手にした帰り、ハローワークに行き、求人のファイルを眺めた。すると、「レジ」の文字が目に入る。

はっとした。三十を超えても、レジなら求人がいくつもあるではないか。

なぜ今までレジを打つことを考えなかったのか。不思議なくらいだ。

スーパーの面接を受けた。『にこにこ堂』だ。ここは職員用の寮があるのが魅力だ。今住んでいる共同アパートは汚いし、隣の声がつつぬけで落ち着かない。

暗算の試験があった。実家で経理をやっていたので、得意だ。すぐに採用が決まった。三ヵ月の見習い期間のあと、正社員になれるという。

「経験が大事ですので、なるべく長く勤めてください」

笑顔の優しい面接官は言った。沙織はその言葉を信じることにした。

すぐに寮に引っ越した。

川沿いにある三階建ての鉄筋集合住宅で、沙織は三階の端にある独身用の部屋を貰えた。家賃は給料から天引きだ。六畳一間と、板の間二畳のキッチン、ユニットバスが付いている。それまでは風呂の無いアパートだったので、夢のようだ。もう銭湯が閉まる時間を気にしなくて良いのだ。

仕事が始まった。

スーパーのレジスターは工務店のと機能が違っていたが、原理は同じだ。指は打ち方を覚えていた。沙織は素早く確実にレジを打った。得意なことだし、ストレスは感じない。三ヵ月の見習い期間を経て、無事正社員になった。

正社員の辞令を貰った夜、質屋へ行った。

預かり期間は過ぎたばかりで、まだ大丈夫と思っていたが、あのレジスターはもう無かった。コレクターの間で人気の機種だったらしい。

「あれを手に入れるのは、容易ではないよ」と質屋は言った。

この時沙織は、生まれて初めて喪失感というものを知った。

レジスターは、故郷との唯一のつながりであり、自分の軌跡《きせき》だ。そんな大切なものを永久に失ってしまった。

それまで沙織は自分を「何も持たない人間」だと思っていた。失って困るものなどないと思っていた。しかし沙織は持っていたのだ。手に入れるのが容易ではないものを。

その夜、寮に戻ってひとりで泣いた。

なくして困るものは、手放してはいけないのだ。

大切なものは、普段はつまらないものに見えていることも知った。

つまらないものを大切にしなければと思った。

沙織のレジ打ちの腕はたいしたものだった。

打ち間違いがなく、金額の誤差もなく、おまけに速いので、処理数が多い。店の月一回の成績発表で、毎回トップ。たびたび表彰された。

同僚たちは、沙織が表彰されるのを心から祝福してくれた。仕事以外に趣味は無く、言葉は東北なまりで、容姿もいまいちの沙織に嫉妬する人間はいなかった。

そんなある日のことだ。沙織は万引きを目撃した。

スーパーの近くにある都立桜高校の制服を着た女子高生が、アーモンドチョコレートを鞄に入れるのを見た。どきどきした。どうしようかおろおろしていると、警備員が走って来て、その女子高生を捕まえた。

犯人はスタッフルームに保護され、店長が高校に電話した。

沙織は店長に頼まれた。

「この子が逃げないようここで見張っててくれ」

それで万引き犯の顚末《てんまつ》を見届けることになった。

十分ほどして、スタッフルームに背の高い男性が現れた。マネキン人形のように顔が小さく、手足がスマートで、「桜高校の池永《いけなが》です」と店長に頭を下げた。担任なのだろう。

店長は居丈高《いたけだか》に言った。

「遊び心で盗むんだろうが、こっちは死活問題なんですよ。この子は防犯カメラに何度も映っているんです」

店長の言い分《ぶん》もわからないでもない。

女子高生は耳に星の形のピアス、爪にはマニキュア、髪も茶色に染めている。ピアスやマニキュアを買うお小遣いがあるなら、百五十円のチョコレートくらいちゃんとレジを通してほしいと沙織は思う。

女子高生はツンとしていて反省の色は見えなかったけど、池永先生が何度も店長に頭を下げ、「わたしが責任を持って指導します」と言ったので、警察への通報はまぬがれた。

沙織は見ていた。池永先生が「わたしが責任を持って指導します」と言った時、女子高生の唇が心持ちゆがんだのを。彼女がなぜアーモンドチョコレートを鞄に入れたのか沙織にはわかった。この美しい担任を独占したかったのだ。うれしい気持ちを隠すために、唇を噛みしめた、そんなふうに見えた。

店長は売り場へ戻った。

池永先生と女子高生が裏口から出るのを沙織が見送った。

別れ際、池永先生は沙織を見つめた。

瞳が灰色で、白目は青みを帯びているように見えた。この人はハーフかもしれないと沙織は思った。アメリカというより、ロシアな感じ。

「うちの生徒がおかしなことをしたら、わたしに連絡をくださいませんか」

そう言って、池永先生は沙織に名刺を差し出した。

名刺には高校名と、数学教師という肩書き、そして名前があった。

『池永良男』だ。西洋人のような容姿に、良男という実直な名前。

沙織は親近感を覚えた。

その名刺は沙織の宝物になった。

手あかが付かないように、ラミネート加工をすることにした。文具店に行ったが、名刺を預ける勇気が出ず、考えた末、自分でやることにした。ラミネートシートを買ってきて、名刺サイズにカットし、熱したアイロンで密着させた。うまくできた。

寮の自分の部屋で、毎晩その名刺を眺めた。

沙織に名刺をくれる人間は今までひとりもいなかった。何か非常に大切にしてもらえたような、たいそうありがたい気持ちになった。

『にこにこ堂』に勤めていることに感謝した。万引きした女子高生にも感謝した。太陽にも星にも感謝した。

沙織が男を好きになったのは、生まれて初めてのことだ。

ちょうどその頃、店がレジスターを替えた。

バーコードをセンサーがキャッチし、入力から計算までしてくれる最新式のレジスターだ。レジ打ち経験のない新人も即日使える優れもので、打ち間違いは皆無。お金のやりとりさえミスしなければ、誤差は出ない。

　沙織はレジを打ち込む作業自体が好きだったので、拍子抜けだったが、「つまらないものを大切にしなければ」と、すぐに気持ちを切り替えた。

　打ち込む作業が無くなった分、今までよりも商品を丁寧に扱い、重い物は下へ、柔らかい果物やパン類は最後に。お客様が袋に詰めやすいように、なるべく美しくカゴへ入れる。そういう、こまやかな工夫を凝《こ》らした。レジは、愛想の良いほがらかな新人が人気となり、沙織が表彰されることはなくなった。沙織は客と会話をせずにすばやく作業をこなすので、七番レジは常に列が短く、急いでいる客はこちらに並んだ。

　沙織は地道に働きながら、池永先生の高校の生徒が万引きすることを願った。

　同じ制服の子たちがよくスーパーを利用したが、万引きを目撃することはなかった。万引きしてくれれば、池永先生へ電話できるのに。うわさによると優秀な高校らしく、生徒たちはおおよそ真面目で、あの女の子は異端だったようだ。

　ある晩、閉店間際に池永先生が店で買い物をしているのを目撃した。どきどきした。もうレジは七番しか開けてなかったので、沙織のところへカゴを持って来た。

　池永先生は伏し目がちだった。たいそう疲れているようで、沙織に全く気付かない。カゴの中には安売りシールが貼られたから揚げ弁当と栄養ドリンク剤一本があった。

おつりを渡す時に、かすかに手が触れた。

沙織は「この人は良男だ」と心に言い聞かせた。「良男なんだから、話しかけても大丈夫」と言い聞かせ、思い切って声をかけた。

「お宅の生徒さん、みんな真面目で、良いお客様ですよ」

池永先生ははっとしたように沙織を見た。灰色の瞳と、青みを帯びた白目だ。

ああ、と思い出したように恐縮すると、「あの時はたいへん申し訳ありませんでした」と頭を下げた。

沙織は謝らせる気はなかったのに、と後悔した。なるべく豪快に、おばさんっぽく笑ってみせた。

「いやだ、なんのことかしら？　近頃忘れっぽくなっちゃって」

すると池永先生は、顔を上げてにっこりと笑った。若いのに、目尻に皺ができた。

沙織は生きる喜びを感じた。

帰り道、思わずスキップしていた。沙織は少女時代にもこのようなはずむ気持ちになったことはない。三十八歳。生まれて初めて、少女になった気がした。

これも池永良男のおかげだ。

沙織はユニットバスに浸かりながら、考えた。

自分だけこんなに幸せで良いのだろうかと考えた。

寮生活で、少しはお金が貯まった。

そうだ、甥の春くんに何か贈ってあげよう！

クリスマスも近い。無縁だったクリスマス。今は身近なものに思える。少女にはクリスマスの参加権がある。生まれて初めて参加が許される気がした。

プレゼントに何を買おうか迷っているうちにクリスマスが近づいてきた。

人に聞くと、渋谷へ行けば素敵なものがいっぱいあると言う。

東京に住んで十三年になるが、渋谷へ行くのは初めてだ。

土曜日で、クリスマス・イブだからだろうか、大勢の人がいて、歩くのも難儀した。しかし沙織の心ははずんでいた。クリスマスにプレゼントを買う自分。東京からのプレゼントを喜ぶ春くん。

顔も見たことがない甥だが、きっと兄嫁に似たかわいい子だろう。

渋谷に行けばなんとかなると思ったが、三十分ほどで、どうにもならないことがわかった。そもそもデパートの場所がわからない。西武と東急とマルイがあると聞いたが、見当たらない。歩けばそのどれかにたどりつくと思ったが、あるのはハンバーガーショップと、ドーナツショップ。そして洋服屋ばかりだ。靴下屋があるのに、デパートがない。街じゅうにクリスマスの音楽が流れ、それが沙織の頭を余計に混乱させた。

坂の途中で本屋を見つけた。

そこでひと息入れることにした。そこにもクリスマスソングが流れていた。人は大勢いたけど、ほかの店よりはいくぶん少なかった。だから落ち着くことができた。

プレゼントに辞書とか、どうだろう？　中学生って何を読むのだろう？　ぶらぶら眺めていると、心臓がどきんとした。

本屋の前を、池永先生が歩いて行く。紺のトレンチコートを着て、やや前のめりの姿勢で、すーっと横切った。

まさかと思ったが、頭が小さい。

あのシルエットは池永良男に間違いない。

沙織はあわてて入り口に行き、外を見た。池永先生はもうかなり先に行ってしまい、坂の上へと歩いて行く。見えるのは背中ばかりだ。池永先生はひとりじゃなかった。女と腕を組んでいた。

外はもう日が暮れていた。

沙織はあわてて反対方向へと歩いた。

万引きを見た時と同じように、心臓がどきどきした。池永良男が女と腕を組んでいたからではない。その女が例の女子高生だったからだ。

沙織はもう甥へのプレゼントなど、頭に無かった。背筋がぞくぞくする。どこかでマフラーを落としてしまったらしい。どんどん歩いた。どんどん寒くなった。どこを歩いているのかさえわからなくなった。

暖まりたい一心で、目の前のビルに入った。ぷん、と獣の臭いがする。そこは一階がペットショップになっていた。

小さな犬、小さな猫、小さな鳥たちが、みんなひとりぼっちでガラスケースにおさまっている。沙織はその孤独に親近感を持った。空いているガラスケースがあると、そこに入りたい気分になる。

ふと、あるケースに、目を奪われた。

グレーの短い毛。細い体。ブルーの瞳。猫だ。ほかの猫に比べて、顔が小さい。

ガラスには紙が貼ってあり、こう書いてあった。

『ロシアンブルー　雄《おす》　血統書有り　生後四ヵ月　特別価格にて七万円』

七万。レジスターを質入れした時とぴったり同じ金額だ。

ほかの犬や猫は生後二ヵ月なのに、これは売れ残ってしまったのだろう、赤ちゃん特有のまるっこさはなく、やたらと細長い。

沙織の財布には三万円しか入ってない。クレジットカードは持ってない。

寮では飼えない決まりだし、「縁がないってことだ」と思った。ところが、店員がのそのそとやって来て、太い赤マジックで七を消して三と書いた。

あとで考えると、店員の作戦だったのかもしれないが、この時の沙織は、「縁がある」と思ってしまった。沙織はその猫を買った。

猫は紙の箱に入れられて渡された。クリスマスケーキを持ち帰るように、ロシアンブルーを持ち帰った。電車代で財布はカラになり、弁当も買えなかった。

名前は『良男』にした。

翌日には管理人から注意された。管理人は腰の曲がった老婆だ。

「猫の鳴き声がすると苦情が来てね。わたしとしては、猫くらい良いよと言いたいけれども。あんたはゴミ出しもちゃんとしてくれてるし、掃除も手伝ってくれる。わたしはね、以前から大石さんを贔屓《ひいき》に思っているんだ。ゴミ出しがめちゃくちゃなほかの人より、猫を飼ってる大石さんのほうが、なんぼか正しい間借り人だわよ。でも決まりだから。怒られるのはわたしだから」

「すみません」

「あんたのことだから、捨て猫に情けをかけたんだろう？」

渋谷のペットショップで三万で買ったとは言えなかった。

「寮を出てそこを右へ曲がると川に出る。その川をずっーと下った先に、ねこすて橋という橋があるんだよ。猫を捨てるんならそこがお勧めさ。エサやりさんがいて、病気の猫まで面倒みてる。猫には極楽な場所だと思うよ。小さな部屋に閉じ込めておくよりいいさ。おや？　その表情は、不服そうだね。どうやら捨てたくないようだね。ならもうひとつ、良い案がある」

管理人が教えてくれたのは、寮の敷地内にある倉庫だ。小さいが独立した建物で、管理人以外は出入りしない。鍵もかけないから、そこで飼えばいいと言うのだ。

「エサも糞の始末もすべて、あんたがやるんだよ。わたしは猫が大嫌いなんでね」

沙織はこの申し出に飛び付いた。

仕事が終わるとすぐに倉庫へ行き、ごはんと水を与えた。図書館で借りた『猫の飼い方』を熟読し、トイレもちゃんと用意した。青い目に似合う青い首輪を買ったが、良男は首輪をひどく嫌がり、付けることはあきらめた。

倉庫は猫一匹が暮らすのに充分な広さがあった。置いてあるのは寮の掃除用具と、災害用の水や非常食の段ボール箱。段ボール箱の山はキャットタワーの役割を果たし、良男は元気に走り回っていた。

沙織がひとつ心配だったのは、太陽の光が少ないことだ。明かり取りの窓があり、昼間はそこから多少の光は入ってくる。でも、猫が一生ここで暮らすのは健全ではないと思えるのだ。故郷の猫たちは、みな外を自由に駆け回っていた。おひさまの下で毛繕いをする姿をよく見かけたものだ。

良男が生後六ヵ月になった時、骨の発育が悪いような気がした。

沙織は思い切って管理人にお願いし、倉庫のドアの一部に小さな穴を開けることにした。猫が自由に出入りできる大きさの穴だ。

管理人は「聞かなかったことにする」と言ってくれた。

穴を開けると、良男はさっそく沙織の前で通り抜けてみせた。

沙織は「よくできました」と良男を抱きしめた。しかし胸の内では、このままいなくなるかもしれないと、別れを覚悟した。良男の発育のためだ。

翌朝、出勤前に倉庫を覗くと、もう良男はいなかった。首筋に寒気を感じたが、深く考えないようにして出勤した。

その夜、いつものようにごはんを持って倉庫を覗くと、良男はいた。段ボール箱の上で、前足をきちんと揃えて、「おかえり、沙織」と言うように、待っていた。

沙織がここでごはんをくれると、ちゃんとわかっているのだ。

沙織は胸がいっぱいになり、良男を抱きしめた。この子は監禁されているのではない。自分の意志でわたしといることを選んだ。

うれしかった。

沙織は昼間『にこにこ堂』で働き、夜は倉庫で良男と一時間ほど過ごし、自分の部屋へ戻って寝る、という生活を続けた。たまに池永良男の名刺を見るし、顔を思い出すこともあったが、会いたい気持ちは薄れていた。

ある日、男子高生がガムを万引きするのを目撃したが、高校には連絡しなかった。警備員が店長に伝え、警察に通報することになったようだが、口出しもしなかった。わたしの知ったことではない、と沙織は思った。実家の甥のことも、思い出すことはなくなった。

春になり、休みの日に川沿いを歩いていると、良男が草むらで昼寝をしているのを見かけた。あまり気持ち良さそうに寝ているので、声をかけなかった。

沙織はしあわせ橋を渡って、川向こうのベンチに座り、遠くから良男を眺めた。

太陽の光を浴びて、グレーの毛が輝いている。ほれぼれするほど美しい。あれはわたしの猫だと思うと、誇らしさで胸がいっぱいになる。

ふと、池永良男を初めて見た時のときめきを思い出す。やはり、はっとするほど美しかった。

沙織は思った。やはり自分は池永良男が好きだと。今でも好きだ。これは恋なのだ。

池永良男の高校が見える。都立桜高校。

川の反対側が、沙織が勤める『にこにこ堂』だ。

沙織は「この川は天の川だ」と考え、池永良男とは一年に一回しか会えないのだと思うことにした。そのロマンチックな考えに、うっとりとした。あの美しい池永良男と職場が近いというだけで、自分の人生は数段美しくなったような気がする。

桜高校の生徒たちが通りかかり、「見て、あの猫！　高そうな猫」と言いながら、良男をなでた。

「首輪してないよ。野良猫？」

「かわいい」

「うちに連れて帰ろうかな」

女子高生たちは代わりばんこに良男をなで、抱っこした。良男は眠そうな顔で、抵抗せずに抱かれていた。そのうちふとこちらを見た。

青い目がぴたりと沙織をとらえた。

その途端、良男は女子高生の腕をすりぬけ、しあわせ橋を渡り、一目散に走って来て、沙織が座っているベンチに飛び乗った。

沙織を見上げて「うるるるる」と喉を鳴らす。

女子高生たちは呆気にとられた顔で「何あれ」「エサやりおばさんじゃん？」とぶつぶつ言いながら、立ち去った。

良男は沙織の膝に乗り、なでてとばかりに背中を丸くした。

沙織の目から涙があふれた。

良男は沙織を選んだ。かわいい女子高生ではなく、沙織を選んだ。家族にも選ばれなかった沙織を、良男は選んでくれた。

人生のすべてが肯定されたような気持ちになった。

「ありがとう、良男」

良男の銀色の背中は、西日で暖まっていた。

充実した日々が二年ほど続いた。

沙織はレジ係から、商品管理係に異動していた。店頭での商品の陳列や、在庫管理などの仕事だ。レジ係が足りない時は臨時にかり出されるが、客と接することは少なくなった。レジから外《はず》された時は寂しかったが、陳列や在庫管理はいくらでも工夫の余地がある。やってみると面白く、やりがいがある仕事だった。

時間の融通も利くので、空いた時間に清掃を手伝った。スーパーの清掃係はみなバイトなので、手際が良くない。沙織は以前、駅ビルの清掃のバイトをしていたので、段取りが良く、用具の手入れも心得ていたので、手伝うと清掃係に喜ばれた。

給料は少しずつ上がった。店のお荷物になっているとは感じなかった。

あの忌まわしい言葉「このままずっとうちにいられても困るし」のトラウマはなくなっていた。

沙織は良男といる時間を増やすため、ペットと暮らせるアパートを探したが、なかなか見つからない。マンションは高過ぎて手が出ない。

いつか良男を抱きしめて寝たい。そういう日が来ることを願った。

そんなある日。突然、良男は消えた。

夜、倉庫にいなかった。そんなことは初めてだ。

一日くらいなら、そんなこともあるかもしれないと思った。気まぐれによその猫と一緒にいるのかもしれない。川沿いの遊歩道で、うっかり寝過ごしたのかもしれない。

しかし二日経っても三日経っても良男は倉庫に現れなかった。

沙織は捜した。寮の周囲、自動販売機の下、川沿い、いたるところを捜した。『にこにこ堂』の周囲も捜した。スタッフ用の裏庭も捜した。

沙織は後悔していた。良男と会えるだけで幸せだったのに、寝る時も一緒にいたいと強く願った。きっとそれは贅沢過ぎる願いで、ばちが当たったのだ。

失ったら困るものをまたなくしてしまった。

沙織は質入れしたレジスターを思い出す。七万円と引き換えに、手放したレジスター。あのレジスターは今どこにあるのだろうと思った。使われているのだろうか。飾られているのだろうか。

そして良男を思った。あの銀色に光る毛。青い瞳。誰かのもとで、かわいがられているのだろうか。それとも……事故？

良男が嫌がった青い首輪は、携帯のストラップにしていた。それを見つめていた時、まだだ、と思った。まだ失ったとは限らない。もう少し望みをつなごう。信じて捜し続けることが肝心だ。

今日はどこを捜そう？

早番だから夕方には体が空《あ》く。まずは川沿いを歩いて、それから寮の周辺。

昼休み、弁当を食べながら考えていると、

「大石さん、悪いけど、四時からレジお願いします。アタシ、デートなんでぇ」

茶色の髪をポニーテールに結んだ若いパートが手を合わせた。

久しぶりのレジ。捜しものがあるとは言えず、引き受けた。

どこかでほっとしていた。良男が消えてすでに二ヵ月。

もう捜すところなどないのだ。ただ、同じところをぐるぐるめぐっているだけになっていた。

沙織は翌日の朝、久しぶりに名刺を出して、電話をかけた。良男を捜すため、高校の敷地内へ入らせてもらおうと思ったのだ。

電話に出たのはくたびれた声の女性だった。

「池永先生はもう当校にはおりません」

沙織は何も言わずに切った。

やはり良男は、池永良男の化身《けしん》だったのだ。池永先生がいなくなったから、良男も消えたのだ。

沙織は「終わった」と思った。

少女時代が終わった。

沙織の話をじっと聞き、沙織のごはんをおいしそうに食べ、沙織を必要としてくれた良男。一緒に過ごした二年間、沙織は少女でいられた。

良男を失った今、もう少女の時間は望めない。

沙織は思った。

これから死ぬまでの間、永遠におばさんをやってゆくのだ。

悲しくはない。働いて食べて寝る。それが生きることの本質だと思う。

東北にいた頃から、そうやって生きてきた。

沙織は心を切り替えた。

周囲は沙織の変化に気付かなかった。あいかわらず仕事は完璧だし、寮でもゴミ出しは完璧だ。顔も髪型も服装も、今までと変わらない。

ただ、管理人の老婆だけは気付いた。

「大石さん、あの猫死んだのかい？」と話しかけてきた。

「いいえ、いなくなってしまったんです」

「なんだかあんた、ガラッと印象が変わってしまったね」

管理人は眉根を寄せた。沙織は管理人が怒っているのだと思った。

「倉庫のドアは今度の休みに穴を塞《ふさ》ぎます」

「やめなさい。穴を塞ぐのは。あの猫が戻って来られなくなるじゃないか」

「もう戻って来ない気がするんです」

「そりゃあ、あんたが信じなくなれば戻って来ないよ」

「…………」

「信じなければ、いつまでも会えないよ」

管理人の目は険しく、その奥はうつろだった。

沙織は管理人に老いを感じ、寂しくなった。

「おやすみなさい」と言って別れたが、そのあとも管理人はひとりでぶつぶつと何かしゃべっている。

沙織は階段を上りながらため息をついた。永久におばさんをやっていこうと思ったが、おばさんのあとにはおばあさんがやってくる。そしてその先には死がある。

沙織はずっとひとりでその道を歩くのだ。

部屋に戻って窓ガラスに映る自分を見る。

黒髪に白髪がまじっていて、二重顎。目の下はたるんでいる。鼻がずんぐりとして、唇が厚い。若い頃はひどく不細工に見えたが、今は年相応な見た目だと思う。最近増えた白髪が、土気色の顔を明るく見せている。年齢が自分のマイナスを少しずつ減らしてくれるようで、心強い。

今までひとりで歩いて来られたのだから、この先もひとりで歩いてゆける。そんな気がした。

ある日、店頭で商品を並べていると、中年男性に声をかけられた。

「ちょっとお願いがあるのですが」

身なりはきちんとしていて、買い物カゴは持っていない。

「どうされましたか」

「掲示板にポスターを貼らせていただきたいのですが」

「そういうことでしたら店長を呼んでまいります。こちらでお待ちください」

沙織はスタッフルームの隣の応接室に中年男性を案内した。そのあと店長を捜すと、野菜売り場で客と話していた。

女の客が何やらツケツケと文句を言っている。よく来るクレーマーだ。近づくと店長はちらっと沙織を見て「温度は十八度で」と言った。

これは隠語で「今は手が空かないから、自己判断で処理して」という意味だ。

沙織はお茶を用意して応接室へ戻った。

「店長の代わりにわたしがお話を伺います」と言うと、男性はにこやかに微笑んだ。

沙織は微笑みの意味がわからなかった。

男性はお茶をひとくち飲むと、「やはり」と言った。

沙織は何がやはりなのだろうか、と思った。お茶に何か不手際があったのかしらと首を傾げると、男性は再び微笑んだ。とても柔らかい笑顔だ。五十歳か、もう少し上だろうか。スーツを着ているが、ネクタイはしていない。顔はなんていうか、印象が薄い。次に会った時に覚えていられるか不安なくらい、個性が無い。

「やはりおいしいですね」と男性は言った。

沙織は不審に思った。新手《あらて》のクレーマーだろうか？

男性は「いや、変なことを申しましてすみません」と、さっそく本題に入った。

「これを貼りたいのですが」

B４サイズのフルカラーのポスターで、「迷い猫のご主人を捜しています」と青い文字で書いてある。写真もあった。

「わたしは青目川の下流に住んでいます」と男性は言った。

「ねこすて橋をご存知ですか？　そうですか、行ったことありませんか。ここから少し離れていますからね。いえ、なんてことはない橋です。近くの、その高校の前の、しあわせ橋よりも、そうですね、倍くらいの幅はありますが、長さはそう変わりありません。古い橋です。ねこすて橋はですね、別に猫を捨てて良い橋、というわけではないのでしょうが、猫がたくさんいます。捨て猫なのか、集まって来るのかわからないのですけれども。わたしはその橋の近くに昔から住んでおりまして、最初はね、嫌だったんですよ。野良猫がうちの庭をトイレと思ってね、大きいの小さいのを無遠慮にするもので。ペットボトルを並べたりして、追い払っていたんです。猫を嫌っていたのは母なんです。大の猫嫌いでね、鳴き声も不吉だと言って、忌み嫌ってました。するとその母は三年前に亡くなりました。わたしは猫の愚痴を聞かなくなりました。なんですか、急に寂しくなりましてね。この年でマザコンみたいで恥ずかしいのですが、母ひとり子ひとりで育ったもので、ほら、椅子の足が一本無くなると、ぐらぐらしますでしょう？　うーん、経験ありませんか。そういうことは滅多にないですね。例えが良くないですね。とにかく落ち着かない、ぐらぐらした気持ちになりましてね。気が付いたらペットボトルを全部とっぱらっていました。天国の母は怒っていると思いますが、うちの庭はもうすっかり猫のトイレになって、わたしは毎日トイレの掃除をしています。夜中には猫の鳴き声を聞きながら、母の愚痴が混じってないか聞き耳をたてるのですが、猫の声しか聞こえません。代わりにわたしが愚痴っています。今日は大きいのをみっつも処分したと。おや、笑っていますね。そりゃあ、おかしいですよね。こんなおっさんが。そうして猫たちの声を聞き、排泄物の処理をしてますとね、庭に来る猫が、ふだんどこでどうしているのか、だんだん気になってきましてね。そこで夜、ねこすて橋に行ってみますと、いるわいるわ、昼間見かけないような猫まで、大勢集まっていました。うちをトイレに使う猫はほんの一部だったんです。猫の集会を覗いてみますと、たまには鳴いたりもするんですが、ほとんどの時間、ただ黙ってじっとしているんです。でも、話し合っている、という感じがするんです。声は聞こえないのです。人間には聞こえない声で、話し合っているようなんです。こんな話をすると、頭がおかしくなったと思われますから、滅多なことでは言えませんがね、わたしは確信したのです。猫の集会では大切なことが話し合われている。それは猫の幸せについてだろうし、猫の幸せは人間の幸せとつながっていると。だってそうでしょう？　服も要らず、道具も要らず、エネルギー資源を必要としない。こんな地球に優しい生物が幸せに暮らせないで、人間の幸せなど、あるものですか。わたしはね、ここの猫たちを守らねば、と思いました。母の遺志には反しますが、まあ、脱おふくろ、ですな。こんなおじさんになってやっと大人になれたというか。それがなんとまあ、ねこすて橋の猫を守ろうという、世のため人のためとはかけ離れた小さな志なんですがね。そんな馬鹿馬鹿しいことをやっているのはわたしだけではないんですよ。すでに決まった時間にごはんをやるご婦人がたがいました。ねこすて橋の猫たちには、管理する人間がふたりいるんです。わたしはしんがりなので、つつましく水やりに徹してます。われわれはごはんや水だけでなく、病気の猫がいれば病院に連れて行きますし、野良が向いてない猫には里親を探します。どこかの飼い猫が迷い込んだとなれば、このようにポスターを作って、ご主人のもとに戻す努力をしているというわけです」

男性がしゃべっている間、沙織はポスターの写真を黙って見つめていた。

男性は「申し遅れましたが、わたしは中畑芳雄と申します」と言った。

沙織は「なかはた……よしお」と復唱した。

中畑芳雄は再び微笑んだ。

「実はこのスーパーにはちょくちょく来ています。以前あなたはレジを打っていましたね。あなたはわたしを覚えていないでしょう。なぜならわたし、あなたのレジに並んだことがありません。あなたはとても手早く、レジを打たれます。あなたのレジに並べば、順番が早く回ってきて、すぐに会計を終えることができる。あなたのレジでものを買うのは、さぞかし気持ちの良いことでしょう。実際あなたは何度も表彰されましたよね。レジだけではない。商品陳列も丁寧で、工夫をこらして手に取りやすい。わたしはあなたにあだ名を付けています。誠実さんというあだ名です。あなたはやることが正確だし速いし気が利きます。良いところがいっぱいありますが、一番の美点は誠実さだと思うのです。わたしは誠実さんのレジに並ぶ栄誉をお客さまに譲りたくて、自分は並ばないようにしていたのです。わたしは『にこにこ堂』の経営者だからです」

中畑芳雄は話す間、ずっと微笑んでいる。

沙織は採用試験を思い出した。

「経験が大事ですので、なるべく長く勤めてください」と面接官は言った。顔は覚えてないけれど、笑顔だった。目の前の男と雰囲気は似ている。

沙織は田舎の青い空を思い浮かべた。

景色の良い秘密の沼地、かわいい野鳥、わき水の飲める場所。

良いところで育ったと思う。

あの景色をこの男にも見せてあげたいと思った。きっと兄嫁のように、大げさに喜んでくれる。「誠実さん、ありがとう」と。

　中畑芳雄はポスターを指差して言う。

「この猫は二ヵ月ほど前にねこすて橋に現れるようになりました。毛並みが良いし、あきらかに純血種だし、飼い猫だと思います。こんな美しい猫は、里親を募集すればすぐに貰い手が見つかりますが、飼い主が捜していたら気の毒だと思いまして、ポスターを作りました。近所の商店にはとっくに貼ってもらいましたが二ヵ月経っても飼い主は現れません。そこで捜す範囲を広げることにしたのです。実はこの猫、悪い人間に変なものを食べさせられたらしく、一度死にかけたんです。倒れているのを見つけて、わたしが病院へ連れて行きました。幸い悪いものをほとんど吐き戻したので助かりました。長い間人に飼われていた猫は、人を信じやすいのだそうです。疑り深いくらいでないと、野良暮らしを生き抜くのは難しいと獣医は言いました」

　中畑芳雄はいったん黙った。

　沙織は「猫はどうしていますか」と尋ねた。

「今はわがやで暮らしています。外は危険なので、窓は閉め、室内飼いにしています。このままうちで飼っても良いのですが、何かこう、この猫には思う人間がいるようで。夜になると窓から外を見ているんです。誰かを捜しているようなんです。きっと飼い主は勤め人で、夜になると帰って来たのでしょう。猫がこれほど忘れないのは、その人に愛されていたからに違いありません。ねこすて橋からこんな遠くの店に飼い主が現れるわけはないとは思いますが、一応、ここでも貼って捜してみようと思いまして。正直言いますと、誠実さんと言葉を交わせたらという下心もあって、勇気を出してあなたに声をかけました」

沙織はしばらく黙っていた。

どこからどう話したら良いのか、さっぱり見当がつかない。

妙なことだが、沙織はさっきまでの自分に同情していた。

不幸ではなかったけれど、やっぱり少し寂しかったねと。

小さな声で言った。

「このポスターを貼る必要はありません」

中畑芳雄は「どうしてです？」と怪訝《けげん》な顔をした。

沙織は再び黙った。どう説明しようか、あれこれ言い訳を考えたけれど、誠実さんと呼ばれて、嘘はつけないと観念した。

「この猫はわたしの猫です。二年前、渋谷のペットショップで買いました」

中畑芳雄はえっと驚いた顔をした。

沙織はちぢこまった。

「寮で飼えないので、ごめんなさい、寮の隣の倉庫で飼っていました。自由に外に出られるように、倉庫の扉に穴を開けたのはわたしです。申し訳ありません。管理人さんはご存知ありません。すべてわたしのしわざです。ある日、この猫が倉庫に帰って来なくなりました。ひょっとしたら倉庫での暮らしが嫌で飛び出したのかもしれません」

中畑芳雄は驚いた顔のまま、沙織に確認した。

「ほんとうにあなたの猫ですか？」

「ほんとうです。血統書も持っています」

「猫の名前は？」

沙織は一瞬言葉に詰まった。それから小さな声で「ヨシオです」と答えた。

第二話

キイロとゴッホ

「ちぇ、雌《めす》か。一銭にもならん」

いきなり首根っこをつかまれて、放られた。

ふうわあと、空《くう》に浮いた。

続いて体がバラバラになるような激しい痛み。ここで意識を失った。

気が付くとわたしは、きょうだいたちと狭い箱の中で身を寄せ合っていた。わたしを入れて四匹だか五匹だか、そのくらいの数だったと思う。目はよく見えなくて、音とにおいが手がかりだ。箱のにおいは独特で、あとでわかるんだけど、それは段ボール箱というもので、普通、猫はこのにおいが好きなものだけど、わたしはこの時の記憶から、一生段ボール箱に近づきたくないと思っている。

きょうだいたちはみゅうみゅう鳴いていた。

わたしもそうしたいのだけど、頭がふらふらしてどうにも鳴くことができない。

みんな、おかあさんを呼んでいた。

さっきまで、そう、人間の手で放られるまで。わたしたちはおかあさんのおっぱいを吸って、鳴いて、転んで、顔とお尻を舐めてもらって、するとお腹が空いて、おっぱいを吸って、鳴いて、そんなぬくぬくの、幸せなどうどうめぐりの世界で生きていた。

みんなは鳴いた。必死で鳴いた。でもおかあさんは現れない。おかあさんの匂いすらしない。きっと遠くへ来てしまったのだ。

おかあさんとはもう会えないのだと、みんなうすうすわかっていた。

それでもみんなは鳴いた。命をつなぐために鳴いた。わたしたちにできることのすべて、それが鳴くことだったからだ。

努力の甲斐あって、「かわいい」という言葉が降ってきた。

上から何度か降ってきた。

その言葉と共に、一匹、また一匹と段ボールから卒業していった。

わたしはひとり残された。

もはや鳴かねばなるまいと決意した。

鳴く努力を試みたけど、喉がカラカラな上に空きっ腹で、「ひぃ」という悲鳴しかひねり出せない。それでもだんまりよりはマシとばかり、ひぃひぃ鳴いた。

足音がいくつか通り過ぎた。立ち止まる人もいた。けれど、「かわいい」という声は降ってこなかった。

その代わり、雨が降ってきた。

ぽつぽつのあと、ざーっときた。雨は残酷にもわたしをぶった。痛かった。

雨にぶたれ続けた。

段ボールは雨水を吸い、ぐにゃぐにゃになった。わたしの毛も雨水を吸い、じとじとになった。温め合う体もない。ひたすら小さく、丸くなっていた。

寒かった。体がどんどん冷たくなっていったのを覚えている。わたしは覚悟した。この先自分は箱の模様になる。完全になりきったら、寒さを感じなくなると想像し、自分を励ました。

それは突然のことだった。

ぐいっとつかまれ、ひょーいと持ち上げられた。

一瞬、空まで飛んだような気がした。

痛みは無くて、高い位置で体は止まった。

雨攻撃が消えた。傘のおかげだ。傘をさした背の高い人間がわたしをつかんだのだ。傘は偉大だ。以後わたしはずっと傘に敬意を払っている。傘を発明したことにつき、人間にも存在価値を認めたい。

「死んだのか？」

わたしをつかんだ背の高い人間がつぶやいた。

「今だ」と思った。今こそ命を証明せねば！

目を開けようとした。どうやっても開かない。

声を出そうとした。出せない。

雨のパンチがひど過ぎた。もう体がガチガチで、ぐしょぐしょで、どうにも動かない。今だ今だと気持ちがはやるのに、生きている証明は難しかった。

ひょっとしたら、自分はすでに死んでるのかもしれない。そんな疑いも、ちらと頭に浮かんだ。だからまあ、もう一度放られると覚悟した。

今度は高さがある。もう一度放られれば、もう一度意識を失い、それが最後の意識で、おそらく痛みは感じないだろうと想像した。それはそれで不幸中の幸いというものだ。そう自分を励ました。

鼻がむずむずした。

突然、ぷっしゅんとくしゃみが出た。

男は「うへえ」と間の抜けた声を発した。わたしのよだれおよび鼻水を顔に受けたのだ。

この時、わたしは将来を楽観できた。間抜けな男なら、猫の美醜《びしゅう》などという繊細なことは見落として、「ま、いいか」と持ち帰る馬鹿をするかもしれないと思ったのだ。案の定、わたしは男の懐《ふところ》にしまわれ、運ばれた。

男の胸は温かかった。

べとべとの目やには雨に濡れて柔らかくなり、前足でこするとなんとか除去できた。すると男の胸とシャツの間から、うすぼんやりと世界が見えた。

まずは川。たいそうな水が流れていた。その川に沿うように道が果てしなく続いている。

雨は細かい霧雨に変わっていた。濡れない場所から眺めると、雨はそう悪くはないものに思われた。

男のもとで暮らすことになった。

男は周囲からゴッホと呼ばれていた。

川沿いに家があって、ゴッホはそこにひとりで住んでいた。

古くて、木の匂いが濃厚な家だ。床も壁も柱も木で、わたしは爪を研《と》ぐのに不自由したことがない。

ゴッホは背がひょろりと高くて、手も足も持て余すほど長かった。髪はくせ毛であちこちを向いており、無精髭《ぶしょうひげ》を鼻の下にも顎にも生やしていた。

年寄りではない。むしろ若者だ。規則正しい生活で、料理も掃除も洗濯もすべて自分でやっている。意外なことに、間抜けではなかった。どちらかというと几帳面な人間で、料理の手順、皿の洗い方、ごみの捨て方がきちんとしている。

なにせゴッホはわたしを育てるのがうまかった。スポイトでミルクを与えてくれたし、そのミルクは人肌で、お腹に優しかった。成長すると無添加ナンタラとかいう、高級キャットフードを与えてくれた。猫育て屋さんという商売があれば、プロ中のプロと言えるほど、猫の扱いがうまい。

ゴッホはわたしに触れる時、とても繊細な気持ちを持っていた。

わたしはごはんを吐いたし、床でおしっこをしてしまったこともある。それでも怒鳴られたりしない。叩かれたこともない。

小さなカゴに清潔でふわふわなタオルを敷き、寝床を作ってくれた。快適なんだけど、ひとり寝は寂しい。わたしはしょっちゅうカゴを抜け出して、ゴッホのベッドにもぐり込んだ。ゴッホの体に身を寄せると、きょうだいたちといた時間を思い出す。結果、シーツを毛だらけにしてしまっても、ゴッホは文句ひとつ言わず、抱きしめてくれた。うっすらとあったおかあさんの記憶。それはもう消えようとしていた。わたしは今ある状況を幸せと感じた。

ゴッホは一日のほとんどを絵を描いて過ごした。

川に面した、窓の広い部屋をアトリエにしていた。絵を描く以外は仕事らしい仕事をしていない。けれど、その絵も売れているようには見えなかった。

ゴッホはわたしには優しいけど、人間に対してはそうでもなかった。つっけんどんというか、積極的に関わろうとしてないように見えた。

まるきり孤独というわけではない。

訪ねて来るのは、片岡《かたおか》というおしゃべりな友人。背が低く、スーツを着ている。職業は不動産の営業だという。家を借りる時に、知り合ったみたい。外まわりの仕事が多いらしく、暇なのか、ときどき煙草を吸いに来る。

あとは姪の帆乃《ほの》。近所に住んでいるらしい。女子中学生だ。こんなアトリエのどこが面白いのか、しょっちゅう遊びに来る。

帆乃のおかあさんでゴッホのお姉さんの乃里子《のりこ》さんもたまに来る。ばりばりの職業婦人という感じ。つけつけと生活態度について口を出し、言うだけ言うと消える。ゴッホが家事をきちんとできるのは、乃里子さんの仕込みがあってのことだろう。

それから絵のモデル。何人か出入りしていた。乃里子さんの口利きで来るらしく、おばあさんやおじいさんが多かった。ゴッホは彼らを時間をかけてデッサンし、皺を愛しむように丁寧に描いた。

ゴッホと暮らし始めてしばらくの間、わたしには名前が無かった。ただ「猫」と呼ばれていた。

ある日友人の片岡がわたしを見て言った。

「なんだこの顔。できそこないじゃないか。子猫ってもっとかわいい顔してるもんだぜ」

ゴッホはすぐに言い返した。

「こいつの名前はキイロだ。俺にはかわいく見える」

ゴッホはその時たまたま、絵の具のチューブを手にしていた。クロムイエローという、お気に入りの色だ。片岡の「できそこない」に反発して、口からでまかせに言ったのだ。それがそのままわたしの名前になった。

ゴッホのお気に入りの絵の具と同じということは、わたしもゴッホのお気に入りに違いない。ごはんの永久確保を約束されたも同然だ。

わたしにはささやかな野心があった。ゴッホにわたしを描いてもらう夢だ。ゴッホの目にわたしがどう映っているのか知りたい。でもゴッホはわたしを描こうとしなかった。

片岡は言った。

「猫を描けよ。モデル代がかからないじゃないか」

ゴッホは微笑んで、首をかすかに横に振った。

「猫は描くものではなく、抱くものだ」

ゴッホはわたしを抱き、顎をなでた。

わたしはうれしいような、寂しいような、宙ぶらりんな気持ちになった。

拾われて一年経ち、わたしはすっかり大人になった。

成長過程で体つきや柄が少しずつ変化したけど、結局は三毛猫におさまった。しっぽは短くて太い。ジャパニーズボブテイルと呼ばれるらしい。全体は白いフワフワの毛で覆われ、背中に大きなベージュの楕円と小さな黒い正円がある。顔にはまだらにベージュと黒が点在していて、絵の具がはねたように見えるのだろうか。モデルのおばあさんにハンカチでごしごし顔を拭かれたことがある。

わたしは自由だ。

ゴッホはわたしを隔離しないから、好きな時に外に行ける。

近くを流れているのは青目川。魚が泳ぐのが見えるくらい水が透き通っている。水がきれいな川は、川辺の草がおいしいと聞く。青目川のほとりの草は、歯触りが最高。猫は肉食だと思われがちだけど、草とか野菜も食べる。レタスも人参も好き。

歯触りは音楽に似ている。官能的で、体じゅうに力がみなぎる。

おうちがある猫も無い猫も、川辺で仲良く昼寝をするし、かけっこもする。恋愛も自由だ。わたしはお年頃だから、恋にあこがれる。でも近所にいるのは去勢された男子ばかりで、恋の相手にはめぐまれない。

川の上流にねこすて橋という悪趣味な名前の橋があって、そこで夜、猫の集会が開かれているといううわさを聞いた。

近所のお年頃女子、白猫リリィがわたしを誘う。

「集会に行けば活きの良い男子がよりどりみどりと聞くわ。一緒に行かない？」

場所を聞くと、かなり遠そう。

「ここにいたって王子様は現れない。見つけに行くしかない」とリリィは言う。

「帰って来られなくなったらどうするの？」

「退路を断つ覚悟よ」

「そんな！」

白猫リリィは背中が丸いおばあさんと暮らしている。川の反対側のうちだ。おばあさんは編み物が上手で、リリィの首輪はおばあさんのお手製だ。青や、黄色や、茶色。愛されているのだろう、しょっちゅう衣替えをする。今は桜色の首輪をしている。

以前、リリィに誘われておばあさんのうちに遊びに行った時、おばあさんはわたしにも首輪をくれた。いろんな色が混じった、複雑な模様の首輪だ。良い気分でうちに戻ると、ゴッホは不愉快そうな顔をして、すぐに外してしまった。「キイロのデザインに合ってない」とぶつぶつ言いながら。

それからわたしはおばあさんの家に顔を出しにくくなった。

リリィは夢見るように言う。

「たどりついた場所で暮らすの」

「ごはんはどうするの？」

「どこだって、猫はいるじゃない。どこだって、なんとかなるものよ」

勇気ある乙女だ。

わたしはだめ。ゴッホのうちから離れられない。昼も夜も、アトリエの三角屋根が見える範囲でしか行動できない。

恋はもちろんしたい。でも、恋とごはんを比べると、味を知らない恋より、おいしいごはんの永久的確保を優先してしまう。

「計算高い女ね」

リリィは軽蔑するように言った。

翌日、リリィは消えた。恋の旅に出たのだ。お腹が空いてないか心配だ。同じ女子として、恋の成就《じょうじゅ》を祈る。

リリィが消えた日から、背中が丸いおばあさんは、川沿いに立つようになった。

「リリィ、リリィや」細い声で呼ぶ。

何日も続いたので、わたしはかわいそうになって、久しぶりにおばあさんに近づいた。

「おや、あんた。リリィを知らないかい？」

おばあさんはしゃがんで、わたしに問いかける。

「恋を探しにゆきました」とわたしは言った。

「リリィを知らないかい？」

おばあさんはわたしに問い続ける。

何度説明しても、わたしの言葉は届かなかった。

さて本日、ゴッホは留守だ。

よくあることで、「思索する」と言ってふらっと出かけてしまう。思索はいつも長い。わたしを拾った時も思索中だったらしい。

現在、アトリエには友人の片岡とモデルがいる。ゴッホが出かけたあと、片岡は勝手に入り込み、モデルを連れ込んだ。珍しいことに、皺のないモデルだ。

はじめ片岡はゴッホを捜しているふうだったけど、いないとわかると、自らモデルに指示をして、ポーズをとらせた。

そして自分はゴッホの椅子に座り、モデルを眺めながら煙草をくゆらし、しゃべり始めた。

最初は株価の話。この話を片岡はしょっちゅうする。ゴッホは興味を示さないので、今日こそはと張り切ってしゃべってる。雰囲気で儲かったり損したりする、人間の遊びらしい。危険を伴うゲームらしく、命を失う人もいるらしい。猫のわたしには理解が難しい。

　モデルの女は相槌を打たない。株に興味が無いらしい。

　片岡は株の話をあきらめて、戦国武将の話を始めた。今度は殺し合いの話だ。株よりはわかりやすい。片岡の話が本当だとすると、人が人を殺しまくる時代があったようだ。殺人流行時代。好きでもないことが流行るわけないから、きっと人を殺したい欲求が人間にはあるのだろう。人が減り過ぎると困るから、今は法律で禁止しているのだろう。

　猫は、虫や小鳥を殺すのは楽しい。食べるためじゃなくて、遊びで殺す。動いているものが、自分の一撃で動かなくなる。すかっとする。自分の力を確認できる。一種の自己実現だ。けど、猫同士で殺し合うとかは、考えられない。けんかはしても、殺さない。猫の一線だ。人間は線を法律で引くのだろうか。

　モデルの女は戦国武将の話にも相槌を打たなかった。

　次に片岡は少子化問題についてまくしたてた。それから何だっけ、片岡の話はどんどん続いたけど、たいして面白みが無い。価値観が大衆的というか、下品というか、根っから下世話なものだから、あくびが出る。わたしは片岡がしゃべり始めてから十七回あくびをした。

モデルはあくびをしない。仕事に真面目なタイプのようだ。あまりに動かないので、死んじゃったかなと心配になるほどだ。ときどきまばたきをする。まばたきしかしない。それくらい動かない。

十八回目の大あくびをしたわたしと、煙草に火をつけた片岡の目が合った。

「猫のブリーダーでも始めようかと思ってね」

片岡は急に猫の話を始めた。何でも話題にして何時間でもしゃべれるのがすごい。つまらない話をし続けるのは芸だと思う。

「たとえば血統書付きのマンチカン。雄と雌を飼って、子どもを産ませればいい。子猫一匹、二十万で売れる」

天井まである大きなガラス戸から、西日が入ってくる。初夏の西日は強い。

アトリエは普通、北側に作るらしいけど、ゴッホは光を好んで、西側に作ったと聞いている。この家は長いこと空き家だったのをゴッホが安く借りて、好きに改築して住んでいるらしい。

わたしは西日を避けて、本棚の上にいた。

焦げ茶色の床と壁。片岡は木の椅子に座って、アンティークの長椅子に横たわる裸婦に話し続ける。

「一回で五四出産。すると百万になる。年四回出産可能だから、年収四百万。猫は犬ほど手がかからないと聞くし、サイドビジネスとしては、まあまあじゃないかな」

ぢーん、ぢーん、ぢーん、ぢーん、ぢーん。

柱時計が鳴った。箱型の古いデザインで、音までが古くさい。

女はけだるそうに身を起こした。胸のあたりから膝までの肌が、赤くほてっている。ガラス越しの光で、日に焼けてしまったようだ。

片岡は煙草を指に挟んだまま眉根をよせた。

「姿勢を変えてもらっては困る」

女は「時間だから」と言って立ち上がり、イーゼルに引っ掛けてある衣服を身に着け始めた。濃い色の下着。白いブラウスとグレーのスカートを身に着けると、長い髪をゴムでまとめ、重たそうな黒い鞄を持ち、片岡に近寄って、てのひらを差し出した。

「約束のもの」

片岡は女を見上げた。

「まだ仕上がってない」

「描いてないじゃない」

「これから描く」

「三時間で二万。そう言ったでしょ。口約束でも法的効力はあるのよ」

片岡は黙ったまま煙草を吸い続けた。

ぎいっと、玄関のドアが開き、ゴッホが帰宅した。

片岡は「よう！」と片手を挙げた。

女はあっという顔をして、ゴッホを見た。よほどびっくりしたのか、ぽかんと口を開けている。

女にとってゴッホは突然の侵入者だ。驚くのもわかる。

ゴッホは絵の具がはねたぶかぶかのズボンを穿《は》いていた。濃いグレーのTシャツ。黒い麻のシャツを羽織り、ボタンは留めてない。裸足だ。

女はすぐに騙されたとわかったようで、片岡を睨んだ。

ゴッホは何も言わない。まるでふたりがいないかのように、本棚の上のわたしに近づくと、「やあ」と言って、顎をなでた。

ゴッホは部屋の隅に立てかけていたキャンバスを取り出し、イーゼルに置いた。描きかけの絵だ。女は大きな目をぱっちりと開いて、まばたきも忘れたように、絵を凝視する。その顔を見て、わたしは女がなかなかの美人だということに気付いた。

構図が面白い絵だ。

キャンバスの中央に長椅子。女が先ほどまで横たわっていた長椅子が描かれている。その上に数え切れないほどのひまわりが横たわっており、数十本は流れ落ちるように床に落ちている。切り花ではなく、長い茎、大きな葉、根まであるひまわりで、根には土が付いている。ひまわりの花びらだけが黄色く、そのほかのすべては青基調の深い暗色だ。

この絵はわたしがまだ小さい頃、そう、去年の夏、描き始めた。本物のひまわりが長椅子に置かれ、丁寧に下絵から描いていた。色をのせ始めて迷いが生じたのか、筆が止まりがちになった。やがてモデルのひまわりは枯れ、捨てられた。絵は仕上がらず、ずっと放置されていた。

ゴッホの絵が売れない理由のひとつは、絵を仕上げないからだ。いや違う。理由のひとつではない。理由の全部。このアトリエには未完成の絵がどっさり置いてある。おじいさんやおばあさんをモデルにする時も、下絵は丁寧に描くのに、色をのせる段階で、迷って迷って途中で放り出す。

わたしはゴッホがなぜ絵を描くのかわからない。描くのが好きなのか、苦役《くえき》なのか、わからない。

猫育て屋さんのほうが、よほど合っている。そっちを本業にすればいいのに。片岡の話が本当なら、少しは儲かるはずだ。

さて本日のゴッホは思索の結果、このひまわりの絵を再び描く気になったらしく、キャンバスと向き合っている。今度こそ仕上がると良いのだけど。

絵の具のチューブを手に取る時、ゴッホはいちいちラベルを確かめる。

今日はまずベネチアンレッドをひねり出した。テレピン油で薄めて硬さを調節すると、長椅子の足部分に赤い靴を描いた。そんな靴、アトリエには無い。思索散歩で見つけたのだろうか。

次にクロムイエローを手に取り、パレットにたっぷりとひねり出すと、希釈することなく、ひまわりの花びらに重ねた。ゴッホのお気に入りの色、わたしの色だ。軽薄にも見える強い黄色。

ひねり出したばかりのイエローがキャンバスにあざやかに映える。

今日の思索散歩は有益だったのだろう。筆にリズムがある。ついに絵が仕上がるかもしれない。

片岡は女に言った。

「約束は守る。この絵が仕上がったら払う」

絵に見入っていた女は、はっとわれに返り、肩をそびやかす。

「三時間もいたのよ。絵のモデルという話だった。お金を払わなかったら詐欺罪。裸を見たかったという理由なら、強制わいせつ罪。訴えられたくなかったら、ちゃんと払ってよ」

「金が無い」と片岡は言った。

女は黙った。そして部屋をゆっくりと歩き始めた。壁を見て、窓を見て、絵の具を見た。絵の具は明るい色から暗い色へ、整然とあるべき場所におさまっている。最後に女は再び絵を見た。

「これはいつ仕上がるの？」

女はゴッホに尋ねた。

ゴッホが答えずにいると、女はゴッホから筆を取り上げた。

「詐欺師のオトモダチさん、絵はいつ仕上がるの？」

ゴッホは無言だ。絵が仕上がる時期をゴッホが知るわけがない。むしろ聞きたいくらいじゃないかとわたしは思う。

女はまくしたてる。

「わたしは今日、駅前の不動産屋にアパートを探しに行ったの。希望の物件が予算より少し高かったわけ。営業担当に値段の交渉をしたら、三時間じっとしてるだけで二万になるバイトがあるって言うじゃない。礼金も大家と交渉してくれるって言うから来たのに。三時間よ三時間！　あの長椅子に裸でいたのよ」

女が黙ると、アトリエはしーんとした。

片岡が何か言おうとしたが、ゴッホが先に言った。

「司法試験にはいつ合格する？」

女は眉間に皺を寄せた。

「わたしが？　司法試験を受ける？」

「受けるんでしょ？」

ゴッホは当然だという顔をした。

「あんたとそっくりな女を知ってる。アルバイトをしながら司法試験を受け続けた。色の無い服を着て、安物のバッグを持って、時間と金にうるさい女だ」

女の顔はみるみる真っ赤になった。

片岡は「おいおいおい」と双方をなだめるように間に入った。

「この男は悪くないんだ。俺のしたことだって詐欺じゃない。わいせつ？　やめてくれよ。こいつにモデルを用意してやろうと思ったんだ。親切心でやつだ。友情だよ。

じじいや花ばっか描いてたんじゃつまらないと思ってさ」

女は片岡を睨んだ。

「払わなかったら警察に行くわ」

女はゴッホを見た。

「払わないとは言ってない」とゴッホは言った。

女はゴッホを見た。ゴッホは余裕の顔で微笑んだ。

「あんたが司法試験に受かる頃、この絵も仕上がるだろう」

女は「了解」と言うと、部屋の隅にあった木製の踏み台を引きずって来た。その上に乗り、両手を伸ばして柱時計を外した。

女が時計の裏側を見ると、ゴッホは教えてあげた。

「明治三十七年製造。手巻き式」

女は怒ったように「二万の価値は無いと思うけど」と言い捨て、時計を抱えて部屋を出て行こうとした。

「おい待てよ！」

片岡が叫んだ。

動いたのはゴッホで、女から時計を取り返すと、部屋の隅から引っ張り出したカラフルな布でくるみ、端を器用に結んだ。持ち手ができた。

「二万になることを祈ってる」

ゴッホはそう言って女に時計を渡した。

女は満足げに受け取ると、今度は片岡に言った。

「猫のブリーダーは儲からないわよ」

「そうなのか？」

「純血種は繊細だから頻繁に獣医に診せなくてはならないし、予防接種もろもろ、経費が馬鹿にならない。ブリーダーは猫好きの道楽なのよ」

「ブリーダーをやったことあるのか？」

「猫で儲けるなら三毛猫がいいわ」

「三毛猫？」

片岡は本棚の上のわたしを見た。人間のやりとりを面白可笑《おか》しく眺めていたら、いきなりこちらに話題をふられて、びっくりした。

「こんな雑種が？」

「雄なら一千万になる」

「一千万！」

「マンチカンと違って元手が要らない。野良の三毛の雄をつかまえて、売ればいい」

女は言うだけ言うと、背中を向け、玄関のドアを開けた。

ドアが閉まる前に、片岡は叫んだ。

「アパートは必ず貸す！　電話番号を教えてくれないか！」

ドアは閉まった。

片岡は迷うようにゴッホを見たが、すぐに女を追って出て行った。

そしてまたドアは閉まった。

静かになった。ゴッホは鍵を閉めた。

わたしは本棚を降りて、ゴッホに駆け寄り、見上げた。ゴッホは「おいで」と言った。わたしはゴッホの体を駆け上がり、肩に乗った。

ゴッホはわたしを肩に乗せたまま、絵を見つめた。

構図は気に入ってるようだ。いつもそうなんだ。下絵はいきいきとしているのに、色を重ねるとゴッホは迷う。正解を探しているんだけど、見つからないんだと思う。だから筆を重ね続けて、終われないんだ。

ゴッホは自分の絵を疑っている。そんな気がする。

ドンドンドン、と玄関ドアを叩く音がした。

やっと静かになったのに、やれやれだ。

ゴッホはわたしを肩に乗せたまま座り、音を無視して黄色を塗り重ねた。

ドンドンは激しくなった。

片岡は鍵を持っている。だから片岡ではない。とすると、想像はつく。

ドンドンは突然止んだ。しばらくすると、アトリエのガラス戸がガタガタ音をたてた。やっぱりだ。

制服を着た少女が、建て付けの悪い窓をこじ開けた。姪の帆乃だ。

大きなガラス戸が開き、帆乃が風と共に入って来た。

十五歳。さらさらの黒髪、白い頬の産毛が日に透ける。

この子はちょっと苦手。わたしは本棚の上へ戻った。

「またひまわり描いてる！」

帆乃はからかうように言った。

「仕事中だ。帰れ」

「お金にならなきゃ仕事じゃないって、ママは言ってた」

ゴッホはふふっと鼻で笑った。ひどいことを言われたのに、傷ついてないみたい。

帆乃とゴッホの関係は、わたしにはよくわからない。上下関係も男女関係も無い。温かくも冷たくもない。

「今日、美術の時間に良いこと聞いたんだ」

帆乃は絵を覗き込みながら言った。

「フィンセント・ファン・ゴッホは生きている間、絵が売れなかったんだって。認められたのは死んだあとなんだって。だから帆乃、うちのゴッホの絵もいずれ五億になると信じることにしたんだ」

帆乃はぴょんぴょんと跳ねるように移動し、長椅子に横たわった。

ゴッホは「どけ」と言った。さっきは余裕で笑っていたのに、今度は若干きつい言い方だ。

「そこはひまわりの場所なんだ。記憶が邪魔される」

帆乃は横たわったまま、楽しそうに言った。

「ゴッホはゴッホだよね。設定が同じ」

「設定？」

「絵が売れないし、きょうだいに養ってもらってる」

帆乃は立ち上がり、通学用の黒いリュック型鞄から厚い封筒を出してゴッホに渡した。

「ママから」

生活費はいつもこうして帆乃からゴッホへ渡される。キャットフードもこのおかげで買えると思うと、心もとない。わたしはゴッホのおかげで命を保っているのに、ゴッホの命は他人に支えられているのだ。帆乃はゴッホの絵が売れることを望んでいるみたいだけど、わたしときたら、切望している。

「姉貴、忙しそうか？」

「離婚訴訟ばかりだって。数をこなさなきゃ食べていけないって」

帆乃は絵を見つめる。しばらく熱心に見ていたけど、やがてぽつりと言った。

「この赤、無いほうが良いと思う」

ゴッホは聞こえなかったのか、お湯を沸かし始めた。珈琲《コーヒー》をいれるのだ。

帆乃は床にちらばっている小さな布を拾い始めた。筆や指についた絵の具を拭くために、小さな布を使う。使い終わるとゴッホは床に放る。あちこちに放る。それを一日の終わりに片付ける。

ゴッホは「布はそのままにしてくれ」と言った。

「なんで？」

「散らかしておいて、あとで始末する」

帆乃は「芸術家ってばっかみたい」と、せっかく拾った布をぽいぽい床に放った。

「気持ちはありがたいけど、布には布の事情があるんだ」

ゴッホは湯を珈琲に注ぎながら言った。

「大人ってみんな馬鹿」

「姉貴は賢いじゃないか」

「ママは勉強勉強ってがみがみ言う」

「帆乃は来年受験だからな。どこを受けるんだ？」

「しあわせ橋のそばの、桜高」

「ほう。姉貴の出身校じゃないか」

「ゴッホもでしょ」

「帆乃はそんなに成績良いのか」

「知らなかった？　頭はママゆずり。絵は下手だけど。ゴッホは子どもの頃、絵の賞いっぱいとったんだってね。ママが言ってた。絵の天才少年って、近所で評判だったって。ねえ、絵がうまいのに、なんでお金にならないの？」

「うまいとか下手とかじゃないんだ。絵の世界はもっと」

「もっと何？」

「その先にあるんだ」

「その先って？」

ゴッホは微笑み、話を変えた。

「帆乃は姉貴と同じように弁護士になるのか？」

「やだよ！」

帆乃はぴょんとはねた。

「ママは四時間の睡眠、食事は十分《じっぷん》、お風呂も十分。それ以外オール仕事。時給にするとかなり低いと思う。猛勉強して資格とってこれじゃあ、割に合わない。帆乃はもっと楽に稼げる仕事がしたい」

ゴッホは自分の分だけ珈琲をいれると、椅子に座り、おいしそうに飲んだ。

「親子で金金金だな」

「ゴッホを養うためだよ。身内にひとりこういうのがいると、周りががんばるしかないじゃん」

そう言われてもゴッホは表情ひとつ変えない。

帆乃はつまらなそうな顔をした。そして、制服のえんじ色のリボンをつまんで「何色に見える？」と言った。

ゴッホの表情は硬くなった。

「赤が見えないって、世界はどんな感じなの？」

「見えないわけじゃない」

「ゴッホは色覚異常だって、ママが言ってた」

ゴッホはうんざりした顔をした。

帆乃はにやっとした。うんざりでもなんでも、叔父の気持ちを動かせたことがうれしいのだ。傷つけて、手応えを感じているのだ。

猫は虫を遊びで殺す。それとちょっと似てるかもしれない。

でもわたしは好きなものは傷つけない。棚の上を歩く時はガラスの花瓶を倒さないように気を付けるし、ゴッホに抱かれる時は、肌を傷つけないよう、爪をひっこめる。ゴッホが傷つくことを、わたしは望まない。絶対。

「ゴッホの世界に赤は無いの？」

帆乃は痛いところにどんどん切り込んでゆく。嫌だな、この子。好きだから傷つけるなんて、たちが悪い。

割れちゃった花瓶が元に戻らないってこと、知らないのだろうか。大好きな叔父さんが壊れちゃったらどうするんだろう？

この子、幼過ぎるんだ。早く大人になるといい。大切なものを壊してしまわないうちに。

「赤はここにある」

ゴッホはベネチアンレッドの絵の具を指でつまんだ。

「じゃあ、なぜキイロを描かないの？」

今日の帆乃はしつこい。

「猫は描くものではなく」とゴッホが持論を展開しかけると、帆乃は遮《さえぎ》った。

「キイロのこの顔、この複雑な色を描く自信がないんでしょ？」

ゴッホの顔はこわばった。

わたしはわざとガタッと大きな音をさせて本棚の上から降り、ゴッホの足元へ走った。ゴッホがうなずいたので、膝に乗った。

大きなてのひらがわたしの楕円のベージュをなでた。この楕円はゴッホと心が通じる場所。わたしの気持ちがゴッホに流れ込んでゆくのがわかる。

ねえ、わたしの顔はあなたを苦しめてる？

ごめんなさい。

わたしもう、あなたに描かれたいという野心は捨てたわ。

描かなくていい。抱いてくれるだけでいい。

わたしはあなたを傷つけない。ずっとよ。

「キイロは俺と同じ世界を見てる」とゴッホは言った。

「俺の色覚は猫の色覚と同じなんだ。人間界では少数派だが、それを異常と決めつけるのはどうだろう？　君たちと見え方が違うのは確かだが、俺なりに見えている。赤も青も緑も、俺なりに見えている。人数が多いだけで正常、少ないものを異常と言うのは多数派の傲慢《ごうまん》じゃないか」

今度は帆乃の表情が硬くなった。ゴッホが帆乃を「君たち」なんていうのは初めてだし、言葉の中に小さなトゲのようなものが混じっている。

ゴッホはさらに言った。

「俺はキイロといるとほっとする。同じ世界で生きているからだ」

しーんとした。

気まずい人間たちをよそに、わたしは気分がすかっとしていた。脳内で言葉を置き換えてみる。

オレハホノトイルトホットデキナイ。チガウセカイデイキテイルカラ。

このアトリエの中で、同じ見え方をしているのはわたしとゴッホで、帆乃はいきなり少数派になってしまった。ここでは帆乃が「異常者」というわけだ。

帆乃は険しい顔をして、出て行った。

ドアが閉まる音は、意外と小さかった。わたしは少しだけ、帆乃がかわいそうに思えた。

かわいそうに思って損した。人間の女の子って悪魔みたい。

帆乃はその翌日、自転車に乗ってやって来た。ゴッホは思索中で留守だったし、わたしは川のほとりでひなたぼっこをしていた。

帆乃はわたしを呼んだ。

「キイロ」

いつもより優しい声だ。わたしはなんとなく立ち上がり、なんとなく近づいた。用があると感じたのだ。

用はあった。なぜなら帆乃はわたしを抱き上げた。帆乃はあまりわたしを好いてない、と思っていたし、だからどういう風の吹き回しかと思った。

帆乃は黒いリュック型鞄にわたしを押し込んだ。あっと思って見上げると、帆乃の冷たい目がこちらを覗いていた。さあ鳴こう、シャーッと鳴いて抗議するべしと息を吸ったら、シャーッとファスナーが閉じられた。

つかまった！

鞄の中で、外は見えない。でも、おおよそのことはわかった。

帆乃は自転車のカゴに猫入り鞄を押し込むと、自転車を走らせた。どんどん走ってる。曲がったり、停まったりしないから、おそらく川沿いの遊歩道だ。道はなだらかだけど、自転車のカゴはカタカタ揺れる。こっちはもう、首がガクガク、顎はガクガク、お尻はドンドン、世界が揺れた。すごく気持ちが悪くて、将来の不安など感じるゆとりは無い。

早く解放して！　それだけだ。

長く苦しい時間のあと、やっと自転車は停まった。帆乃はリュックを地面に下ろした。そしてファスナーを開けた。わたしは気分が悪過ぎて出ることができず、リュックの底でだらっとしていた。帆乃はリュックを倒した。わたしはリュックからこぼれ落ちた。

そこは橋で、誰もいなかった。人間も猫もいない。川の流れる音だけが聞こえる。わたしは車に轢かれたカエルみたいな格好で、橋のコンクリートにへばり付いていた。世界が揺れている。

帆乃は空《から》のリュックを背負って自転車にまたがった。そして上からわたしに何かささやいた。わたしは名前を呼ばれたような気がして、耳を立てた。

「きえろ」

帆乃はそう言い捨て、自転車に乗って行ってしまった。

わたしはずしんときた。ただじっとそこにへばり付いていた。揺れはおさまり、気持ち悪さは徐々に軽減されてゆく。その代わりに、捨てられた不安、ごはんが貰えない不安、将来の不安が押し寄せた。

しばらくすると、黒猫が現れた。こちらをじっと見ている。そのあと、茶トラ、キジ猫、牛柄、白猫、しっぽの長い三毛、サビ猫などが現れた。

みな一様にわたしを見たけど、声をかけるものはいない。関心があるのか無いのか、一定の距離を置き、毛繕いをしたり、寝転がったりしている。

自転車の音がした。帆乃だと思ってどきっとしたけど、違っていた。帆乃よりずっと背の高い、やせたおばさん。自転車を停めると、銀の皿を五つ置き、そこへ缶詰の中身を開けた。くつろいでいた猫たちはいっせいに皿に群がった。

おばさんはわたしに気付くと、近づいて来てしゃがんだ。わたしをじっと覗き込んでいる。

「死んでるの？」

そう言ったのは、おばさんじゃなくて、いつのまにかおばさんの後ろに立っていた背の低い白髪のおばあさん。心配そうな顔をしている。しゃがんでるおばさんは言った。

「生きてはいるけど、動かないの。病気かもしれない」

わたしは気付いた。車に轢かれたカエルのままだったことに。あわてて立ち上がった。めまいがしたけど、なんとか立てた。なるべく元気そうに、くるくると歩き回り、ぺたんと座って毛繕いもしてみせた。

おばさんとおばあさんは顔を見合わせて笑顔になった。

「新顔さんね。いい顔してるわ。お食べ」

おばあさんが白いお皿にドライフードを入れてわたしの前に置いてくれた。

贔屓されると、恨みを買う。わたしはゴッホに愛されたおかげで、帆乃に嫌われた。だからほかの猫たちの目が気になった。けれど、みんな自分のごはんに夢中で、わたしのことは気に止めてないようだ。わたしはおそるおそるドライフードを食べた。ゴッホがくれるのと少し味は違うけど、お腹が空いてたから、おいしかった。

ごはんさえ貰えればいい。

ごはんさえ貰えれば満足。

自分にそう言い聞かせ、ここで生きてゆくことにした。

ここは白猫リリィが目指した場所、ねこすて橋だった。

朝と夕方、ごはんと水をくれる人間が三人現れる。おばさんとおばあさんとおじさんだ。おじさんは水係。この水が滅茶苦茶おいしい。三人は毎日やって来る。みんなにこにこ、とても優しい。

夜には猫の集会がある。毎日じゃなくて時々だ。

ここには、家のある猫、無い猫がいて、なわばり争いなどは無く、したがって上下関係も無い。

猫は普通上下関係が好きだし、集団には力の強いボス猫が君臨するのが常だと聞いたことがある。ところが青目川沿いの猫たちは、平和第一主義だ。それは青目川の精がいて、見守っているからだと聞く。

青目川の精については、ゴッホのうちにいた頃、近所の猫から聞いていた。猫たちはみな精の存在を信じているけど、実際に見たという話は聞かない。

ゴッホのうちにいる時、青目川の精の存在はひとごとだった。でも屋根のない暮らしになってしまうと、精みたいなものを信じないと、気持ちがもたない。

わたしがここに来て三日目の夜に、集会があった。

ごはんに集まる猫のおよそ三倍の数の猫がいた。こんなに多くの猫を見るのは初めてで、緊張した。

帆乃に捨てられたあと、最初に目が合った黒猫が前に出て、発言した。

「新入りに自己紹介してもらおうじゃねえか！」

がっしりとした体から、野太い声が出た。

みんながいっせいにわたしを見た。新入りとはわたしのことらしい。

わたしは緊張の頂点で、ひげがふるえた。小さな声でやっと言った。

「キイロです。よろしくお願いします」

黒猫は光る目でわたしを睨んだ。

「それじゃあ自己紹介になってない。お前、今までどこにいて、どういう経緯でここへ来た？　これからどうするつもりだ？」

どんどんと響く声。黒猫の言うことはもっともだけど、わたしはすぐに答えられない。説明するということに慣れていないからだ。

「おいクロ、そうずけずけ聞くものじゃないよ」

年かさのおばあさん猫が口を出した。毛がぼそぼそと硬そうな茶トラだ。

「こんな大勢の前でプライバシーを公開する義務なんぞ彼女には無い。言いたくないこともあろうて」

するとと黒猫はむきになる。

「ここにずっといるのか、明日消えちまうのか、そのくらいは聞いたっていいじゃねえか」

「しつこい男だねえ」

おばあさん猫はあきれた。

横からスマートな体のキジトラ男子が言った。

「ばあさん、クロは彼女に惚れちまったんだ。許してやってくれ」

クロはあわてて釈明しようとしたが、長毛が美しい灰色猫がさえぎった。

「彼女は家族に捨てられたんだ。みんな見てただろう？　自転車に乗せて来て、ぽいと捨てて行ったじゃないか」

灰色猫はひねた言い方をした。悲しい過去があるのだろうか。

急にしーんとした。

そうか、みんな見ていたんだ。カエルのような無様《ぶざま》な姿をみんなに見られてしまったんだ。恥ずかしい。クロはずけずけものを言うけど、そのことには触れなかった。

わたしのプライドに配慮して、弁明の機会を与えてくれようとしたんだ。

そうよ、誤解はときたい。勇気を出して、訂正した。

「わたしは家族に捨てられたんじゃありません。家族の家族に捨てられたんです」

言ってしまってから、これじゃあ何がなんだかわからないだろうなあと思った。と
ころがクロは「わかった」と言った。「ずっといろ」と胸を張った。

わたしはほっとした。

「ありがとうございます」

すると闇の中から一匹の三毛猫が現れた。わたしと違ってしっぽがすらりと長く、
顔はすっきりと整っている。周囲がぱっと明るくなるほどの美しさだ。

「ねえ、あなた、わたしの妹じゃない？」

「え？」

「段ボール箱で一緒にいたじゃない。その顔、印象的だったから覚えてるわ」

ねこすて橋に来て、良いことばかり続いた。

ごはんをくれるおばあさんの「いい顔してるわ」に勇気づけられたし、クロの「ず
っといろ」にほっとした。そして思いがけないことに、姉さんとの再会。

あの段ボール箱の中で、「かわいい」という声と共に真っ先に拾われたのはこの姉さんだったんだ。ここではピカと呼ばれている。器量がピカ一という意味だ。

「わたしって器量良しでしょう？　それが災いしたのよ。拾ったのは小学生の女の子でね、子どもには決定権がないの。家に着いたとたん、母親が目を吊り上げて、捨ててきなさい！　って叫んだわ。大きな家だった。ちょいとそこらへんに置いといてくれて、少しごはんをわけてくれるだけでいいのに、ダメダメって大騒ぎ。女の子はかなりがんばってくれたの。猫を飼ってくれなきゃピアノ教室に行かないとか、夜ごはんもボイコットして、わたしを抱いたまましばらく泣いてたわ」

「それでどうなったの？」

「ディズニーランドよ」

「何それ？」

「それがなんなのかはわからないんだけど、母親がディズニーランドと言ったとたん、その子はわたしをあきらめたの。ディズニーランドは猫を手放す妙薬みたいなものらしいわ」

「それでどうなったの？」

「雨が降ってたでしょう？　雨が上がるまでは家にいさせてもらって、夜中に母親がわたしをここに連れて来て置いてった。まだ小さかったから、ほかの場所だったら死んでたと思う。ちょうど夜に集会が開かれた日だったから、赤ちゃん猫を育てる相談をみんながしてくれて、子どもを産んだばかりのサビ猫が、わたしを引き受けてくれたの。よくお乳の出る猫で、すでに三匹を育てていたけど、わたしにもお乳をわけてくれた」

器量が良くても幸せになれるわけではないのだ。

ほかのきょうだいはどうなったかしら？　一番器量が悪くて見捨てられたわたしが、案外一番幸せだったのかもしれない。ゴッホより優しい人間がいるわけないもの。

それから数日は、ピカ姉さんと一緒に過ごした。

寝るのに都合の良い橋の下の草むら、ひなたぼっこにちょうど良い近所の家の瓦屋根、トイレに都合の良い庭などを教えてもらった。

ピカ姉さんは男子にもてもてだったけど、恋については慎重だった。

「恋をすると、子どもが生まれる。子どもは人間の手で捨てられる」

ピカ姉さんは過去のつらい経験からそう思い込んでいた。

「三毛猫の男子は価値があるんですって。だからこのあたりの猫に子どもが生まれると、三毛猫の男子が生まれてないか、探しに来る人間がいるそうよ。見つからないと腹を立てて母猫と引き離して捨ててしまうんですって。わたしたちを放ったのも、そういう人間だったらしいわ」

そう言えばゴッホのところに来た女も、「三毛猫の雄が一千万」と言っていた。

「三毛猫の男子はなぜ価値があるの？」

「滅多にいないんですって。なぜか知らないけど、普通は生まれないんですって。三毛で男子はありえないらしいの。つまり、猫としてはできそこないってわけ。人間は不思議ね。できそこないが好きだなんて」

わたしはゴッホを思った。

ゴッホは赤が見えないと、帆乃は言った。ナントカ異常と、帆乃は言った。ゴッホはできそこないなのだろうか。滅多にいない、貴重なできそこないなのだろうか。

ピカ姉さんは人間が嫌いみたいで、それきり人間については話してくれなかった。

白猫リリィを捜したけど、会えなかった。ピカ姉さんに聞いたけど、そのような白猫はこの橋の周囲で見たことがないと言う。リリィはここにたどりつく前に、恋人が見つかったのかもしれない。

リリィが言ってたことは正しくて、ここには活きのいい男子がたくさんいた。

黒猫のクロ、キジトラ男子、あの気取った灰色猫も、わたしに近づいて来た。

わたしは恋を楽しんだ。ぶっきらぼうなクロの、まっすぐなアプローチも好きだし、キジトラ男子の気取った告白も好きだし、灰色猫の「どうせぼくなんて」というネガティブなもの言いもかわいらしく思えた。

お相手は決めかねていた。

子どもを作るからには、できるだけ生命力が強く、美しい猫がいい。もっと強い、もっと美しい猫はいないか、言い寄ってくる猫を楽しくいなしながら、ほんものの出会いを待った。

わたしはピカ姉さんほど人間を嫌っていないから、出産にも怯えはない。どんどん産もう。おかあさんになろう。もし三毛猫男子が生まれたら、ゴッホにプレゼントしてあげよう。お金になるらしいし、できそこないは貴重品だ。

未来は愉快なことばかりに思えた。

こうしてわたしはねこすて橋で、幸福な日々をスタートした。

そんなある夜のこと。

その日は集会がなく、橋のあたりはしーんとしてた。灰色猫が愚痴をこぼすというお得意のやり方でわたしをくどいていた。

彼が言うには、彼のおかあさんは血統書付きの猫で、豪邸で飼われていたらしい。外の世界を知りたくて脱走し、ここで外猫《そとねこ》と恋をした。しばらくして飼い主に見つかり、連れ戻された。そしておかあさんは三匹の子猫を産んだ。飼い主は野良の血が混じった子は置けないと、上流の河川敷に三匹を捨てたのだそうだ。

梅雨寒《つゆざむ》の夜、ほかのきょうだいは死んでしまったらしい。

灰色猫は長毛だったので寒さにぎりぎり耐えられた。運良くこの橋にたどりついて、ほかの猫に救われたのだそうだ。

「人間てやつは」と灰色猫はため息をつく。かわいそうなぼくをぐいぐいアピールしてくる。

帆乃はわたしを捨てた。けれど、ねこすて橋に捨てたということは、死んでほしくはないという、優しさもあったのかもしれない。「きえろ」と言うのは「この世から消えろ」ではなく、「目の前から消えろ」という意味なのだ。

きっと帆乃はゴッホを独占したいのだ。

腹は立たない。結果的にわたしは幸せになった。姉さんに会えたし、恋もできる。なにせここでは、三人の人間が猫たちを守ってくれる。

わたしは思う。青目川の精って、あの三人なのではないか。

おばさんとおばあさんとおじさん。精の三人組なのではないか。

わたしはもうゴッホの家に帰るつもりはなかった。この橋にはわたしが必要とするものが揃っているからだ。

音楽のように続いていた灰色猫の愚痴がぴたっと消えた。くどいてる最中に寝てしまったようだ。わたしは「やっぱりこいつは駄目だ」と見切りをつけ、ひとりで橋の中央に歩いて行き、欄干に飛び乗った。

夜の川は黒光りしている。

三日月がひとつ、川に落ちている。川が流れてゆくのに三日月は動かない。三日月もわたしと同じく、この場所を気に入っているようだ。

川に落ちた月を見ながら、わたしは待った。強い男子、美しい男子を待った。

その時だ。風に乗って、かすかな声が聞こえた。

「キイロ」

それは川の下流から流れてくる風だった。

「キイロ」

声は少しずつ大きくなってくる。

「キイロ」

それが誰の声か、すぐにわかった。わたしは咄嗟《とっさ》に欄干を飛び降り、橋を渡って、桜の木の下の柘植の茂みに身を隠した。

「キイロ」声はまだ聞こえる。

茂みの中から息をひそめて橋を見た。

ひょろりとしたシルエット。

ゴッホだ。ゴッホがあたりを見回している。

「キイロ」

わたしを捜しているんだ！

ゴッホはしばらくすると、さらに上流へと早足で行ってしまった。

わたしの心臓はどきどきどきどき、鳴り止まない。

ゴッホがわたしを捜すとは！

背中が丸いおばあさんを思い出した。リリィが家出してから、川沿いに立つようになった。しばらくしてあきらめたようで、見かけなくなったけど。

ゴッホがこんな遠くまでわたしを捜しに来るなんて！

「いいんですか？」

しわがれた声がした。

横を見ると、奇妙な生き物がいた。

わたしは驚いて、茂みから飛び出した。するとその生き物はずるずると体を引きずるようにして、茂みから現れた。

猫のような犬のような、よくわからない大きな体。毛は長く、顔は四角く、片目が潰れていて、片耳が折れている。

美しくはないし、清潔とも言えないのに、良い香りがして、威厳がある。言葉は非常に上品で、いばったところはひとつも無い。

「キイロさん、はじめまして」

わたしの名前を知っている！　集会にはいなかったけど、ここは近い場所だから、聞こえていたのだろう。

「あなたは誰？」

「わたしはここに長くいるものです」

「お名前は？」

「名前は咳き込むほどあります。どう呼んでいただいても、かまいませんよ」

「咳き込むほど？」

「なにせ長く生きたものですから、十七もあるんです。セン、シロ、タマ、コータ、ゲンノスケ、シューベルト、タダオ、ミキオ、ヨーデル」

そこで息が切れたらしく、コホコホと咳き込んだ。

「ルート、メルセデス、タロウ、ミーチャン」

「もういいです。覚えられません」

「わたしのことはお好きなように呼んでください」

そう言われても、どれもぴんとこない名前だ。わたしの名前はたったひとつだけど、すごく素敵。大事にしなくちゃ。

「ご家族があなたを捜していますね」と四角い顔は言った。

「はい」

「どうしてわざわざ身を隠すのですか？」

「ここが好きだから」

「ご家族といる時は不幸でしたか」

「いいえ、家族といる時も幸せでした」

「ならどうして帰らないんですか？」

「ゴッホとわたしが一緒にいると、悲しむ人がいるので」

「ご家族はゴッホさんとおっしゃるんですね」

「はい」

「キイロさん、ここはそんなに居心地良いですか？」

「はい」

「あなたはゴッホさんと一緒にいなくても、幸せに暮らせますか？」

「暮らせると思います」

「ゴッホさんはどうでしょう？」

「え？」

「ゴッホさんはあなたがいなくても幸せですか？」

「…………」

「あなたは必要とされているのではないですか？」

わたしは返事ができなかった。だって、そんなふうに考えたことがなかった。

ゴッホは雨の中、わたしを拾ってくれた。ミルクをくれた。ごはんをくれた。寝場所をくれた。素敵な名前をくれた。ゴッホはわたしにいろんなものをくれた。でもわたしはゴッホに何もあげてない。おまけにこの顔だ。ゴッホに目の異常を意識させてしまう顔。

ゴッホはお金をお姉さんに貰っている。そのお金は姪が運んで来る。ゴッホはそれがあればお腹が満たされる。絵の具も買える。

なのになぜ、こんなに遠くまでわたしを捜しに来たのだろう？

ゴッホの言葉を思い出す。

「俺はキイロといるとほっとする。同じ世界で生きているからだ」

ひょっとして。

ゴッホはわたしを必要としている？

そういうふうに考えたことはなかった。

そしてその考えは、今までとは違う何かずっしりとした手応えをわたしにくれた。

ふと、視線を感じた。灰色猫が目を覚まし、光る目でこちらを見ている。

そう、わたしはもうここの猫。いることが許された、ここの一員だ。

わたしはねこすて橋の快適さを思う。恋ができ、ごはんが貰える。

ゴッホの家では、恋は望めない。しかも、帆乃には嫌われている。

頭の中がゆらゆら揺れた。どうにも選べそうにない。

そこでわたしは賭けてみることにした。

もしも、今夜。

もう一度ゴッホがここに現れたら。

そしてわたしを呼んだら。

その時はゴッホのもとに帰ろう。

いつのまにか四角い顔は消えていた。柘植の茂みに戻ったのだろう。

わたしは橋の欄干に上がり、ゴッホを待った。

耳をすませて、じっと待った。

さらさらさらと、川の音が聞こえる。

長い長い静かな時間が流れてゆく。

さらさらさら、さらさらさら、さらさらさら。

やがてあたりはだんだんと青くなってきた。もうすぐ夜が明けるのだ。充分待ったと思う。もう待つのは終わりにしよう。

おひさまが顔を出す、ほんの少し前のことだ。

足音がかすかに聞こえた。

聞き覚えのある足の運び。

ゴッホは上流から戻って来た。かなり遠くまで行ったのだろう、顔にずっしりと疲れが見えた。欄干の上にわたしを見つけると「キイロ！」と叫び、走って来た。こんなに感情的なゴッホを見るのは初めてだ。

わたしはゴッホの腕に抱かれた。ゴッホの心臓はどきどきしていた。

わたしはこの時、自分が生まれた意味を感じた。あの雨の中で消えそうになった命の重みが、今たしかに感じられた。

とても長い道をゴッホの腕に抱かれながら戻った。

これほどの距離を猫のリリィが歩くのは無理だと思う。そしてこれほどの距離をゴッホが捜しに来たのだと思うと、胸がいっぱいになる。

さよなら、ねこすて橋の猫たち。

わたしは今日から再びゴッホと生きてゆく。必要とされ、同じ世界を見ている相手と生きてゆくのだ。

充実した気持ちの中に、恋をあきらめた寂しさが混ざっていた。

ゴッホの腕から川を見た。三日月は消えていた。三日月も何かをあきらめたのだろうか?

そう言えばもう、おひさまの時間だった。

もとの暮らしに戻った。

帆乃は受験勉強が忙しいのか、わたしを見てばつが悪いのか、前ほど訪ねて来ることはなかった。

ゴッホは相変わらず仕上げられない絵を描いていた。

そんなある日のこと。

例の女が現れた。片岡が騙して連れて来て、モデルをやらせた女だ。

古時計を抱えて、いきなりやって来た。

少し感じが変わっていた。女らしい柔らかな服を着て、髪はゆるくカールしている。少しだけど、猫的な匂いがした。

「時計が売れなかったのか」とゴッホは言った。

女は時計を壁にかけながら「スカーフがお金になったから」と言った。

ゴッホが時計を包んであげた布はアンティークの高級スカーフだったらしく、質屋が高く買い取ったと女は言った。

「ひまわりの絵はまだ仕上がらないの？　あの絵、気になってるの。見せて」

ゴッホはひまわりの絵をほったらかしにしている。帆乃に「赤が変」と言われてから、触ってないようだ。

女は断りもせずに長椅子に座った。

ゴッホは「どけ」と言わなかった。ひまわりの絵を引っ張り出して壁に立てかけた。女からよく見える位置だ。

ゴッホは湯を沸かし、丁寧に珈琲をいれた。ふたり分いれて、絵を眺めている女に熱いカップを差し出した。

ゴッホがひとのために珈琲をいれるのをわたしは初めて見た。長椅子に座るのを許すし、珈琲をいれてあげるし、帆乃とは扱いが違う。

わたしがいない間に女は何度かここに来ているのだろうか。久しぶりに見る女は、この部屋に馴染んで見えた。いや、ひょっとすると、回数や時間は関係無いのかもしれない。

この女はこの空間にぴったりしている。

わたしは女の足元で香箱《こうばこ》を組んだ。足をきちんとしまって、くつろぐ体勢だ。

帆乃と違って女はわたしを邪魔に思ってないとわかる。

ゴッホは珈琲や絵の具のように、猫を必要としている。そのことをこの女は理解しているのだと思う。

女は長椅子の端に尻を寄せ、ゴッホに場所を空けたけど、ゴッホはそこへは座らず、木の椅子を選んだ。そこに座ると、女がよく見えるのだ。

女とゴッホと絵は、きれいな三角関係になった。

「色が独特なのね」と女は感想を述べた。

ゴッホは珈琲を飲みながら、静かに話を始めた。

「目の異常がわかったのは小学四年生の時だ」

女は驚くでもうなずくでもなく、絵を眺めるように話を聞いている。

「学校の健康診断で、視力検査のあとに色覚検査があった。いくつかの点描を見せられた。読める数字を言えと言われたが答えられず、『色弱の疑い』という結果が出た。気にしなかったよ。友人には近視や乱視がいたし、特段不安を感じなかった。黒板の文字は見えていたし、絵は幼稚園の頃から賞をとるくらいうまくて、図工の成績は5だった。こう言うと自慢に聞こえるかな。自慢してるんだよ」

女は微笑んだ。

「結果を気にしたのはおふくろでね。すぐに近所の眼医者に連れて行かれて、検査を受けさせられた。『色弱』と言われた。その時のおふくろの表情が忘れられない。怒ったような目で医者を見ると、そんなはずはありませんときっぱり言った。そしてその足で俺を大学病院に連れて行こうとした。俺は夕方見たいアニメがあると言って、拒否した。おふくろの動揺が怖かったからだ。以来、検査は受けてない」

ゴッホがこんなに長く話をするのを初めて聞いた。

「俺はその日見たアニメの映像を今も覚えているよ。ビルほどの大きさのロボットが、敵の攻撃を受けて爆破された。画面いっぱいの炎。ギラギラと熱い炎。俺は思った。この炎はほかのやつらの目にはどう見えているのだろうと。自分に見えている世界と人に見えている世界は違うのか。騙された、と感じた。誰に何をどう騙されたかわからない。腹が立つわけじゃない。ただ、すごく寂しかった」

女はゴッホの手に自分の手を重ねた。

「俺はそれから人と同じ世界が見えているふりをし続けた。色鉛筆、クレヨン、絵の具。色の名前がはっきりした画材は、嘘をつく格好の道具だ。トマトは赤、きゅうりは緑、空や海は青。中学では美術部に入り、理屈で絵を描き、いくつかの賞をとった。おふくろは俺が絵を描くのを嫌っていた。でも俺は、今思えばだけど、おふくろに信じてほしくて絵に固執したんだと思う。色は正しく見えていると、信じてほしかったんだ。姉貴は優秀で、法学部に進み、弁護士になった。俺は美大を希望したが、おふくろは反対した。それで家出した。それきり実家には帰ってない」

「生活はどうしてるの？」

「姉貴が金をくれるんだ。最低だろ？」

ゴッホは苦笑した。

女はしばらくひまわりの絵を見ていた。それからこう言った。

「絵を売ってくれないかしら」

ゴッホは眉根を寄せた。

「同情か？」

「この絵じゃないの。わたしを描いてほしいの」

「あんたを」

「オーダー。あなたの目に映ったまま、わたしを描いてみて」

「俺の目？」

「おかあさんは、あなたが絵を描くのが嫌だったんじゃなくて、あなたが嘘をつくのが嫌だったんじゃないかしら」

ゴッホは絵の具のチューブを手に取った。

「ラベルを読まないで。あなたの目に映った世界を、そのまま絵にするの。色の名前なんて、見てはだめ」

女は服を脱いだ。そして長椅子に横たわった。

ゴッホは唖然と眺めていたけど、女が勝手にポーズをとると、観念したようにスケッチを始めた。

それから女は週に一度か二度、アトリエを訪れた。そして二時間とか三時間、長椅子に横たわり、ゴッホがいれる珈琲を飲んで帰った。

ゴッホは綿密に下絵を描くと、いよいよ色をのせ始めた。絵の具はパレットに全色出して、ラベルを見ることなく、色を重ねていった。

ナイフで大胆に色をのせ、筆で細部を描き込んでゆく。

女がいる時もいない時も、ゴッホは絵を描いた。思索に出かけることもなくなった。ゴッホは絵に熱中した。キャンバスとゴッホがくっついてしまったように見えるほどだった。

ゴッホは変わった。

迷いが無くなったようにも、気が狂ったようにも見えた。

帆乃はガラス窓の向こうから、時たまアトリエを覗いていた。ゴッホの変化に気付いたのだろう、中に入ろうとはしなかった。

ゴッホは風呂に入らず、ごはんもあまり食べずに絵を描いた。わたしのごはんだけは忘れなかった。

わたしが生まれて三度目の夏、絵は仕上がった。じりじりと暑い日で、クーラーが壊れたアトリエはむんむんしていた。

ゴッホは筆を置くと、わたしを抱き寄せて言った。

「できたよ、キイロ」

ゴッホが絵を仕上げたのはわたしが見る限り初めてのことだ。

長椅子に横たわる女が描かれていた。本当にそこに女がいるように、ずっしりと存在感がある。もったりとした肌に、窓の外の葉の影が落ちている。

今までの絵は、色が強く主張していた。それはそれで、魅力があった。

しかしこの絵は違う。柔らかな光に包まれている。命の喜びに満ちた世界がそこにある。

ゴッホの目から見える世界は、こんなふうに温かいのだ。わたしはぽかぽかした。心がぽかぽかした。

ゴッホは疲れた中にも、今まで見たことのないような満足感あふれる眼差しで、長いこと絵を見ていた。

鍵を回す音がして、人がしゃべりながら入って来た。

「フィンセント・ファン・ゴッホの絵は、生前一枚だけ売れたんだとさ」

久しぶりに訪れた片岡は絵を見て、しばらく言葉を失っていた。

「良い絵だ。これは売れるぞ。俺に預けろ」

ゴッホは顔を横に振った。

「買い手は決まってるんだ」

片岡は硬い表情をした。

「まさかこの女じゃないだろうな」

ゴッホは返事をしない。

片岡は煙草に火をつけながら言った。

「この女ならもうここへは来ないと思うぜ」

「なぜだ」

「俺の紹介したアパートを出て行った」

「家など関係ないよ」

「男か仕事か知らんが、金の成る木でも見つけたに違いない」

するとゴッホは微笑んだ。

「それはめでたい。彼女は金が必要なんだ。すべてこの絵を買うためさ」

それを聞いて片岡はあきれたように肩をすくめた。

「そうか。じゃあ、すぐ次の作品にかかれ。良い画廊を紹介するから、どんどん描けよ」

片岡は絵の写真を何枚か撮った。

ゴッホは冷蔵庫からビールを出して「飲むか?」と言った。

片岡は煙草をゴミ箱に捨て、「まだ仕事が残ってるんだ」と残念そうに言い、「くそ暑い」と愚痴りながら、出て行った。

ゴッホはわたしの頭をなでた。

「次はキイロ、お前を描く」

わたしはうれしさに、ひげがぴーんと前を向いた。

やっと夢が叶う。ねこすて橋を捨て、このうちに戻って来て良かった。

ゴッホはおいしそうにビールを飲み始めた。

そう言えばここ二ヵ月ほど、女は姿を見せてない。何か生活に変化があったのは確かだ。でもゴッホは気にしてない。女が来ると信じているようだ。なにより絵を仕上げられたのがうれしかったのだろう、来るかどうかもわからない女のために、グラスを用意し、低いテーブルに置いた。そのあと「さてと」と言って、缶ビールをさらに二本飲んで、長椅子で寝てしまった。

このところ絵に集中してろくに寝ていなかったのだ。

アトリエの中はだんだんと温度が上がっていった。

わたしが自由に外へ出て行けるよう、ゴッホはいつものように窓を少し開けておいてくれたので、わたしはその近くで涼んでいた。猫のわたしが見ても、良い絵だ。きっとゴッホは彼女に見せたくてたまらないだろう。

しばらくすると自転車の音が聞こえて、久しぶりに帆乃が現れた。桜高校の制服を着ている。

帆乃は窓からそっとアトリエに入ると、じっと絵を見た。はじめはむっつりとしていたけど、やがて頬が紅潮し、感極まったように、ぽろぽろと涙を流した。透き通ったきれいな水の玉。嗚咽が響かないように、口を押さえてしばらく泣いていた。

帆乃は長いことあの女にやきもちを焼いていた。けれど、この絵はその気持ちを超えさせたのだ。

やっと仕上げた絵は、ゴッホそのものだ。他《た》を包み込む温かさに満ちている。

帆乃は素直に感動している。わたしにはそれがわかった。

ゴッホは何も知らずに、長椅子で小さないびきをかいていた。

帆乃はゴッホを起こさないよう、散らかっている布をそっと集めて、ゴミ箱に入れた。床がすっきりときれいになった。それが帆乃にできる、精一杯のことだった。

わたしは帆乃の足元へ近寄った。

帆乃は「あの時はごめん」とわたしにささやいた。悪魔ではなく、天使の目をしていた。ゴッホの正直な絵が、ものごとを良いほうへと導くのだ。わたしは「もういいのよ」という気持ちで帆乃の足首を舐めた。

帆乃は窓から出て行った。

室温が急に上がった。わたしは苦しくなった。窓がぴっちり閉まっている。帆乃はいつもきちんと閉めてしまう。完全に閉まった窓は、猫に開けることはできない。

ぷんと、焦げ臭いにおいがした。見ると、ゴミ箱から煙が立ち上っている。と、思ったら、ボッという音と共に、ゴミ箱から火が噴き出した。火はカーテンにうつり、またたくまに燃え広がった。

片岡の煙草！　油の染みた布！

わたしはにゃーにゃー鳴いた。

ゴッホの胸に飛び乗り、ドンドンと足踏みをした。部屋にはあっという間に煙が充満した。ゴッホはやっと目を覚ましたけど、煙を吸ってしまい、うまく手足が動かせないようだ。

ゴッホは「うう」とうなりながら、長椅子から這いずり下りると、低いテーブルの上のグラスに手を伸ばした。

こんなたいへんな時に何をするつもりだろう？

じれじれ見ていると、ゴッホはふるえる指でグラスを握りしめた。そして這いつくばった姿勢のまま、渾身の力をふりしぼって、投げた。

ガッチャン！

重たいグラスが窓ガラスを割った。

「キイロ、外だ！」とゴッホの声。

わたしは炎をすり抜けて外へ出た。熱さが消え、急に息が楽になった。

振り返ると、割れた窓から白い煙が勢い良く噴き出て、それはすぐに黒い煙に変わった。

バチン、バチンと破裂音が聞こえる。

わたしはぎゃーぎゃー鳴いてゴッホを呼び続けた。

早く！　早く！　早く！

ゴッホは何をぐずぐずしているのか、出て来ない。

いつまでも出て来ない。

わたしは煙を浴びて、全身に黒と白の灰が付いた。

早く！　早く！　早く！

声はついに枯れてしまった。

あとは声が無いまま、鳴き続けた。

ウーウーウーとサイレンが鳴り、赤い大きな車が来たり、ホースの先から水がどうどう噴き出したり、大勢の人が集まったりして、大騒ぎになった。

わたしは人に踏まれないように気を付けながら、アトリエの前でゴッホを待った。

やがて火は消えた。

壁も屋根も消え、アトリエは水浸しで、黒い床しか残らなかった。

ゴッホは名画と共に消えてしまった。

片岡が赤い車の人に泣きながら話していた。

「女に振られたんだ。自殺かもしれない」

片岡の馬鹿。ゴッホは自殺なんかしない。人生で一番ご機嫌で、彼女が絵を買いに来るのを待っていた。

時間が経ち、大勢の人が消え、車が消えても、わたしはアトリエの前でゴッホを待った。わたしにとりゴッホは世界の中心だ。あれほど存在感があったゴッホが消えるはずはない。太陽があるように、ゴッホはいる。待っていればいいのだ。どこからかふいに現れるはずだ。空から降って来るかもしれない。川から流れて来るかもしれない。どんなふうに現れても、消えてしまうよりは自然のことのように思える。

星が見えて、朝が来た。星が見えて、朝が来た。

川向こうの背中の丸いおばあさんがやって来て、「食べなさい」とごはんをくれた。リリィが食べるはずだったキャットフードだ。

わたしはありがたくそれを食べた。

「良かったらうちに来るかい?」とおばあさんは言った。

わたしは昔を思い出した。おばあさんがいつまでもリリィを待って立っていた姿を思い出した。あの時のおばあさんと今のわたしは同じだ。急になくしたものを思い切れずに待っている。

ふと、リリィも死んでしまったのかもしれないと思った。

そのあと、ゴッホが死んだと思っている自分に気付いた。

なぜ?

死んだのに、なぜわたしはここで待っているのだろう?

わからないまま、待つのをやめることができないでいた。

何日経ったかしら、夕方、姉の乃里子さんと帆乃が黒い服を着てやって来た。乃里子さんはひまわりの花束をアトリエの黒い床へ置いた。ふたりは手を合わせた。それから乃里子さんは言った。

「自殺する子じゃないわ。あれよ、絶対。テレピン油が染みた布。何枚も重ねておくと発火するの。だから捨て方には注意するよう、いつも言ってたのよ。ひとつにまとめちゃだめ。放しておきなさいと」

乃里子さんは最後に「馬鹿な子」と言って目頭を押さえた。

隣にいた帆乃は、すーっと、崩れるように座り込んだ。

しばらくの間、帆乃は立てなかった。やがて雨が降ってきた。乃里子さんは傘をさした。

わたしは傘を見て、生まれたばかりの頃を思い出した。ゴッホは傘をさし、わたしを拾ってくれた。なんだか振り出しに戻ったような気がした。

乃里子さんはもうひとつ持っていた折りたたみの傘を開いて、ひまわりの花束の隣に置き、最後にちらっとわたしを見た。

わたしのために傘を置いてくれたのだ。

雨に濡れないように、という優しさと、あなたはあなたで生きてゆきなさい、という冷たさを感じた。

乃里子さんは帆乃を抱えて行ってしまった。

花柄の傘の下で、わたしはゴッホを思った。

片岡と帆乃はゴッホのことが大好きだった。なのにふたりがかりでゴッホを殺してしまった。愛していたのに、たまたま、殺してしまった。

ゴッホが生きている間に仕上げた絵は一枚。それも売れずに消えた。

見たのは片岡と帆乃とわたしだけ。

ゴッホはとうとうわたしを描くことはなかった。残念だ。

愛はきっと、良いものではないんだ。

愛は生きるのを難しくするだけなのだ。

わたしにとって、ゴッホは何だったのだろう？

傘とごはんをくれた。二度も命を救ってくれた。

「キイロ、外だ」

ゴッホの最後の言葉。

そうだ。外よ、外。

わたしは生きてゆくことに決めた。

雨が止むと、川の上流を目指した。雨水を飲みながら、何も食べずに、二日間歩き通した。肉球から血が出た。もう無理だ、一歩も歩けない。そう思ったら、ついに、見えた。

変わらぬねこすて橋がそこにあった。

わたしはそこで再び暮らし始めた。

ピカ姉さんも灰色猫もクロもみんな変わらず、わたしを迎えてくれた。夜の集会も前と同じように開かれた。

生活は何ひとつ変わらなかった。けれど、前とすっかり同じというわけではなかった。ゴッホが生きているのと、生きていないのとでは、風景が違って見えるのだ。

桜のうすもも色、若葉の緑、川の音も違って聞こえる。なぜかしら、わたしの世界は変質した。

帆乃を一度だけ見かけた。

髪を茶色く染めて、耳にきらきらした星を付けていた。夜遅くに、背の高い男の人と腕を組んで歩いていた。

その人は少しゴッホに似ていた。

第三話

哲学者

ねこすて橋の近く、青目川の浅瀬に、一羽の白サギが立っている。

細い足が水に浸かり、長い首を縮めるようにして、少しだけ頭を横に傾けている。

そのたたずまいが、なにやら思索しているように見え、近所の人から哲学者と呼ばれている。

つまり哲学者は、あだ名が付いてしまうくらい長い時間、橋の斜め下の同じ場所にいるというわけだ。空を飛ぶのを忘れたわけではないし、歩くことだってできるけれど、日中の数時間をここで過ごすのが決まりだ。

東京郊外、しかも住宅地なので、白サギは珍しく、鳩や雀よりも断然注目される。

その証拠に、初めて見た人は必ずと言っていいほど、写真を撮る。

白いから縁起物と思われるのだろう。

受験生が「桜高校に受かりますように」と手を合わせることもあれば、「母の病気が治りますように」という切実な祈り、「宝くじが当たりますように」という棚ぼた的祈りまで、橋の上からさまざまな人間の思いが、この白い哲学者に注がれる。

　哲学者は小さな子どもにも人気だ。

　三歳のなっちゃんは、おじいさんに連れられて、毎日のように川沿いを散歩する。ねこすて橋にたどりつくのはだいたい午後三時くらい。ちょうど橋から哲学者が見える時間だ。

　なっちゃんは欄干の柵の間から顔を覗かせ、哲学者に挨拶する。

「てちがしゅーしゅー」

　哲学者は姿勢を変えない。もちろん聞こえているけれど、振り向かないほうが哲学的だからだ。サービス精神と言ってもいいだろう。

　なっちゃんのおじいさんは、ねこすて橋に来ると、いつも欄干にもたれ、遠くを見つめる。腰が痛いのでここでひと休みするのだ。おじいさんは哲学者に挨拶などしないし、祈ることもない。おじいさんが育った田舎では、白サギはそう珍しいものではなかった。

　おじいさんが休んでいる間、なっちゃんは哲学者に手を振ったり、橋でひなたぼっこをしている猫たちのお腹をなでて遊ぶ。

「ききっ、きゃーっく！　しゅふふ、ぼーん！」

なっちゃんはおかっぱ頭を逆立てて、大きな声を出しながら、ぴょんぴょん跳ねたり、ぺたんとお尻を地面に付けて足をばたつかせたりする。

おじいさんは時折り後ろを振り返って、なっちゃんの安全を確かめながら、飽きもせずに遠くを見る。

人は考えごとがあると、遠くを見るものだ。

なっちゃんのおとうさんとおかあさんは勤め人で、平日の昼間はおじいさんになっちゃんを預けているが、休みの日にはおとうさんとおかあさんがなっちゃんをここに連れて来る。

なっちゃんはいつものように橋の下を見下ろして「てちがしゅーしゅー」と哲学者に挨拶する。

「言葉が遅過ぎると思うの」

ある日、橋の上で思い詰めたようにおかあさんは言った。

「お隣のサトシくんは今日はどこで何をしたか、親に説明できるんですって。時系列に沿って、主語、述語もきちんと。字も書けるらしいわ」

おとうさんはあきれたように言い返す。

「サトシくんはひとつ年上じゃないか」

おかあさんは聞く耳を持たず、一方的にしゃべる。

「サトシくん、そろそろ英語も習わせるんですって。ずいぶん差をつけられちゃった」

「いいか？　菜摘《なつみ》は子どもだ。ついこの間までオムツをしてた赤ちゃんじゃないか」

「何言ってるの。もう三歳。そろそろ将来のことを考えないと」

おとうさんは笑った。

「将来？　おおげさだな」

「笑いごとじゃないから」

おかあさんは顔を左右に振り、男はこれだからと言いたげに、肩をすくめた。

「あの子が普通じゃなかったら、どうするの？」

「どういう意味だ」

「たとえば学習障害だった場合」

「学習障害？　何だそれ？」

「早期に見つけて対応すれば、普通に学校へ通えるかもしれないのよ」

おかあさんはものものしく言った。おとうさんはやっとことの重大さに気付いたようで、声を低くした。

「そういうの、どこで診《み》てもらえばいいんだ？」

橋の下で聞いていた哲学者は、ひっそりとため息をついた。夫婦というものは、決意に満ちたほうが、そうでないものの思考をのみ込んでしまうのだ。

「病院よ。簡単なテストで診断できるって、テレビでやってた」

「なるほど病院か」

「あなた、来週休みとれない？」

「俺が？　なんで？　ヒクッ」

おとうさんは驚き過ぎて、しゃっくりが始まった。おかあさんは決意に満ちているから、まくしたてる。

「わたしが今どんなに重要な時期かわかってるでしょ？　今度結果が出せなかったら、支店に行かされる。そしたらわたし、単身赴任するしかない」

「おいおい、ヒクッ、菜摘を置いて行くのか？　ヒクッ、母親なのに？」

「母親とか父親とか関係ない。男はすぐそうやって、女に押し付けるんだから」

「俺は、ヒクッ、菜摘の言葉は心配してない、ヒクッ、ただの幼児語じゃないか、ヒクッ、心配している君が、ヒクッ、連れて行くべきじゃないか」

「あなたまで変なしゃべり方をして！」

おとうさんとおかあさんが言い争っている間も、なっちゃんは欄干から顔を覗かせ、笑顔で哲学者に手を振った。

哲学者はおとうさんとおかあさんに言いたい。会話をやめて、なっちゃんの笑顔を見てみなさいと。

そしてもうひとつ、言いたいことがある。

なっちゃんはサトシくんより優秀ですよと。

サトシくんは以前、橋の下に向かって「哲学者！」と叫んだ。発声は明瞭だが、呼び捨てだ。

一方、なっちゃんは「てちがしゅーしゅー」と言う。

これは「哲学者さん」と言っているのだ。ちゃんと「さん付け」ができるのだから、なっちゃんのほうが立派だ。第一、なっちゃんは、おじいさんには普通に話す。「たこ焼きが食べたい」とはっきり言うのだ。

哲学者の観察によると、なっちゃんは、よその子よりも感情が豊かな子どもだ。うれしいと感情が高ぶって、トチる。哲学者に会うとトチるし、猫と遊ぶとトチるし、お休みの日にしか遊べない両親といる時は、うれし過ぎて朝から晩までトチってしまう。

哲学者は確信している。

そう遠くないうちになっちゃんは「哲学者さん」と言えるようになる。おとうさんやおかあさんにも「今日は幼稚園でおえかきをしたよ」と言えるようになる。感動が減ることにより、正常に話せるようになる。哲学者にとってそれは若干寂しいことだが、きっとおとうさんとおかあさんはほっとするだろう。だからまあ、なっちゃんの心配は要らない。夫婦仲のほうが心配だ。なっちゃんのためにも仲良くしてほしい。

哲学者はおじいさんを見上げる。顎の下に剃り残しの白い髭がちらほら見える。おじいさんは遠くを見つめて、故郷を思っているのかもしれない。なっちゃんを田舎に連れ帰って、のびのび育てたいと思っているのかもしれない。

哲学者はおじいさんにも言いたいことがある。

なっちゃんは大丈夫。この先どこで誰と暮らしたって、なんとかやり抜く。そしてじいさん、あんたのことが大好きだよ。だからせいぜい長生きすることだ。

思えば哲学者自身、もう長いこと生きている。

そもそもは別の場所で暮らしていた。遠い地の、水田だ。

稲を荒らしたりしない。カエルやおたまじゃくしを食べて、謙虚に暮らしていた。

サギの糞は肥料になるらしい。人間はサギの巣を見つけると、「その家は栄える」と、縁起物のように喜んでいた。

水田にはさまざまなサギがいた。ダイサギ、アオサギ、チュウサギ、色も大きさもいろいろだ。

哲学者はコサギ。一番小柄な品種だ。夏になると頭の後ろに長い羽根が生える。それがまるで博士帽の飾り房のようで、シルエットを高貴に見せる。

似たような鳥に、コウノトリやトキもいたが、みな弱って、見当たらなくなった。サギはがんばりやだ。環境の変化や農薬にも負けずに、巣を作り、子をどんどん増やした。

やがて水田の周囲にサギの天下がやって来た。数が増えに増えたのだ。

すると人間たちは急に態度を硬化させた。

まず「糞が臭い」と言い出した。昔は肥料になったが、今は化学肥料があって、必要がなくなったらしい。さらには「鳴き声がうるさい」と言い出した。「家が栄える」どころか、邪魔者扱いするようになった。

「サギが住みにくい環境づくりを目指そう」と残酷なスローガンを掲げ、花火やサーチライトで驚かせ、巣を除去し始めた。卵は潰され、ヒナは殺された。

テロリズムだ。

時を同じくして、トキやコウノトリが人間から手厚く保護されているといううわさが入ってきた。

このうわさはサギ界を震撼《しんかん》させた。

「なぜ弱いものが守られ、がんばるものが迫害されるのだ」

怒りよりも哀しみの感情が勝り、やがてあきらめに昇華された。

「天下は取らないでおこう。なるべくちりぢりになって、少数で細々と生き残ろう」

サギは負けるが勝ちとばかりに、水田から去った。

当時、哲学者は若かった。

未来に向かって元気いっぱい、三羽の仲間と同じ方向へ飛んだ。

一ヵ月の旅の末、青目川にたどりついた。水がきれいなところが気に入って、住処《すみか》と決めた。一羽はしあわせ橋、もう一羽はなみだ橋、哲学者はねこすて橋。集まることを避け、巣も作らず、ひっそりと暮らしている。

ここに来て、もう十年になる。

実はこの橋の下の浅瀬は良いエサ場なのだ。長い首を縮めるようにして、少しだけ頭を傾けているのは、哲学しているのではない。

人からはじっとしているように見える足を、水面下で小刻みにふるわせているのだ。そうやって水草を揺さぶると、稚魚《ちぎょ》やザリガニが飛び出す。それをさっとくちばしで捕らえるために、頭を傾けているのだ。

人間たちに「哲学者」と呼ばれるようになったゆえ、エサを狙ってない時間も、サービス精神を発揮してそのような姿勢を取り続けている。

何ごとも相争《あいあらそ》わず、和《わ》することにより、命を長《なが》むる。

これこそが、サギが繁栄し続ける極意だと哲学者は考える。

人から「哲学者」と呼ばれるようになり、ものごとを哲学的に考えるようになった。名前の影響は大きいのだ。

孤独な哲学者の娯楽は、夜に開かれる猫の集会だ。猫ではないので参加資格はないが、一度も欠かすことなく聞いている。

集会の間は笑いを堪えるのに必死だし、聞いたあとは、三日はこのネタで思い出し笑いができる。

猫たちは落語家ではない。ただもう頭に浮かぶ事柄をやみくもにしゃべり、それを会議だと思っている。

「三丁目の大野さんのうちで、三毛猫が赤ちゃんを産んだから、お祝いに顔を見に行こうと思ったらさ、なんと泥棒が入って、赤ちゃんが盗まれたらしい」

「お金ではなくて、猫泥棒か」

「聞くところによると、三毛猫の赤ちゃんが狙われるらしい。人に盗まれないよう、産む場所は慎重に選ぶべきよね」

「盗まれるのが不幸とは限らないわ。昔と違って三味線にするわけではないから、人に盗まれた先に、ぬくぬくとした幸せが待ってるかもしれない」

「昔と違ってだと？　三味線は今もあるじゃないか。二丁目の吉井のじいさんが弾いてる」

「三味線は犬皮と聞いたけどな」

「犬皮と猫皮、どちらもあるそうよ。猫皮のほうが高価なんですって」

「それはそうだろう、犬より猫が上等と決まっている」

「盗まれた猫は動物実験に使われるといううわさもあるけど」

「実験？　なんだそれは？」

「医学に役立てるらしい」

「医学とは？」

「医学ってたぶん……病院のことよ。きっと猫を粉にして薬にするんだわ」

「いや、体を開いて、中身の研究をするのだろう」

「それはないぜ、猫と人間は体が違い過ぎる」

「そうさ人間には肉球が無い」

「無いんじゃなくて、全身肉球」

「体を開く？　おいおい物騒な。腹を裂かれるなどと聞いては、おちおち昼寝もしてられないぞ」

「ねこすて橋で気ままに暮らすのと、民家専属の猫になるのと、どちらが幸せなのだろう？」

「それは民家によるだろう」

「猫の個性の問題もある」

「とにかく一度は民家専属の家猫《いえねこ》になるべき。この橋は逃げ帰る場所と心得よ」

「決めつけ反対！」

「反対するの反対！」

「言論の自由は反論の自由でもある。猫から自由をとったら、ひげも残らない」

「ところで知ってる？　川沿いで花火をする人間が、ふざけて猫に火を向ける事件があったの」

「花火のにおいがしたら、緊急避難するべし」

「もし毛に火の粉が付いたら、川に飛び込むべし！」

「溺れないか？」

「猫は泳げる。そういうふうにできている」

「そう言えば以前、青目川で溺れたロシアンブルーを救ったが、あいつをその後見かけない。いったいどうしたんだ？」

「女に会うために旅立った」

「途中で毒にやられたと聞いたけど」

「あいつ、沙織沙織と言ってたっけな」

「ああ、あの沙織信者か」

「猫に毒入りのエサを与える奴がいる。それはほんとだ。この橋の上で朝と夕にごはんをくれる三人の人間以外から絶対に食べ物を貰わないように！」

「で、そのロシアンブルーは死んだのか」

「いや、生きてる。先日、中畑さんちの窓からこちらを見ているのを目撃した」

「中畑さんに毒を盛られたのか」

「馬鹿な。毒を盛られたけど、中畑さんに助けられて、今は中畑家専属の家猫となったらしい」

「まあ、きれいな猫だったしな。いかにも人間が好きそうな」

「中畑って誰だ」

「水をくれる中畑さんだよ。橋のすぐ近くの家だ。ほら、灯りがついてる」

「昔、あのうちに怖いばーさんがいたよな」

「ロシアンブルーの良男は沙織とは会えずじまいか」

「そうそう、猫のくせに良男という名前だった」

「沙織とどうなった？」

「さあてな」

「おいキイロ、お前さんは出戻りだ。家猫とフリーと、どちらも経験済みだが、いったい人間と猫は、一緒にいたほうが幸せなのか、意見を聞かせてくれ」

「それはもう、めぐりあわせだから」

「なんだそれ！　答えになってない！」

「答えなんか無いのよ」

これはほんの一部。

集会ではありとあらゆる話が持ち上がり、会議と雑談の区別は無い。漠然とした不安をだらだらと言い合うこともある。

ねこすて橋の夜猫《よるねこ》たちは、質より量とばかりに情報を集め、意見を出し合い、それはもう排泄物のごとくで、これといった結論を求めない。それが集会の特徴だ。

人間界にはブレインストーミングという技法がある。

それと方法論は同じだ。自由に述べ合う。

人間界にはヒエラルキーが付きもので、立場が強い人の意見に弱い人が引きずられる傾向があるから、ブレインストーミングはあまり効果的ではなく、時間の無駄となる場合が多い。しかし、ここの夜猫たちには身分格差が無いので、この方法が非常に効果的なのである。

たとえば毒盛り事件。

猫たちは情報を出し合うが、犯人を特定しようとはしない。信頼のおける三人の人間以外からはごはんを貰わないという消極的対処で良しとしている。

結論を出してしまうと、それまでに出されたさまざまな意見は記憶から消える。ところが結論をあいまいにしておくと、少数派の意見も記憶に残る。それが役に立つこともあるからだ。

実はこのねこすて橋には、神のような存在がいて、意見が偏ったり、過激な方向へ暴走し始めると、姿を現し、猫たちを鎮《しず》める。

神なのに、ずいぶん丁寧な言葉でしゃべる。

一度姿を見ようとして、そっと木の上から眺めた。残念ながら、哲学者の目には見えなかった。

猫たちが耳を傾け、視線を向けている方向に、誰もいなかったのである。言葉は哲学者にも聞こえるが、姿は見えないのだ。

あれは猫にしか見えない、猫神《ねこがみ》とも言うべきものなのだと哲学者は考える。

猫神がいる限り、猫は天下を取ろうなどという野心は持たず、自然や人間とほどほどに折り合うという方向性でやっていくのではないかと思う。

このねこすて橋で愉快なのは、猫の集会だけではない。

人間の営みも、なかなか興味深いと哲学者は思う。

ある晩のことだ。その日は集会がなく、静かであった。

猫たちを見守る三人のひとり、水係の中畑が家から出て来た。珍しいことに、女性と一緒だ。

中畑は女性と共にねこすて橋の中央に来て、欄干から下を見下ろし、「あれは哲学者です」と言った。哲学者はどきっとしたが、姿勢を変えずに聞き耳をたてた。

女性は「コサギですね」と言った。あまり若くはない地味な女性だ。

「子どもの頃うちの近くにいました」

「詳しいですね」と中畑は感心した。「わたしは東京っ子なので、サギを見ると、動物園から脱走したのかと思ってしまいます」

「まあ」

女性は口に手を当てて微笑んだ。

馴れ馴れしさは無いものの、ふたりの間にはとても温かい空気が漂っていた。

中畑は五十過ぎのおじさん。彼女は四十過ぎのおばさん。肩ひとつぶん離れて、仲良く欄干からこちらを見ている様は、どこか少年少女のようにも見え、たいそう微笑ましい。

どちらもおしゃべりが得意ではないらしく、でも別れ難いようで、しばらく川を見つめていた。

長い旅の末、哲学者がここに飛来した頃、中畑は母親とふたり暮らしだった。

母親は極度の猫嫌いで、庭の周囲に水入りのペットボトルを並べていた。猫どもが庭で糞をするので、嫌だったのだろう。毒を盛ったりはしないが、ホースで水をかけたりして、日々猫への嫌がらせを怠らなかった。

「気の強い母親がいるから、中畑は嫁のきてが無いのだ」などと猫たちはうわさした。

夜の集会では、「中畑のばーさんに水をかけられた」とか「石を投げられた」とたびたび被害報告が寄せられた。しかし石が当たって怪我をしたものはいなかった。猫たちはゲーム感覚で、わざと庭に糞をした。「中畑家に近づくな」という結論は出ず、母親とのバトルを楽しんでいたようだ。

その母親は亡くなる半年前から、猫に嫌がらせをしなくなった。その代わりに夜、川の周辺をうろつくようになった。うつろな目をして、何かを探すように歩き回った。中畑は声を上げて母親を捜し、なだめて連れ帰った。猫たちはそんなふたりをそっと見つめていた。

三年前に母親が亡くなった。すると中畑はペットボトルをとっぱらい、いきなり親猫派になった。これにはみなびっくりした。

中畑は朝と夕方に水をご馳走してくれる。中畑のくれる水は、極上の味がすると、人気を博している。わざわざ遠方から中畑の極上水を飲みに来る猫もいるほどだ。

青目川の水はきれいだが、さすがに川なので、猫たちは飲む時、うっかり落ちないよう、四つ足を踏ん張らねばならない。中畑が水をくれるようになって、猫たちはすっかり川の水を飲まなくなった。

結構うまいのに。と、哲学者はひとり寂しく川の水を飲む。

長い沈黙の末、中畑の隣に立つ女性は言った。

「今日は良男に会えてうれしかったです」

ヨシオ？

例のロシアンブルーのことだ！　と哲学者は思った。

「いやあ、まさかあの猫が良男という名前だなんて」と中畑は照れたように言う。

「大石さんが良男良男というたびに、自分が呼ばれているようで、どきどきします。わたしは芳《かんば》しいと書く芳雄なんですけどね」

大石という女はあっという顔をして、恥ずかしそうに「すみません」と謝った。

中畑は上機嫌だ。

「ピートが、いやその、勝手にわたしはピートという名前を付けて暮らしていたので、ついそう呼んでしまいますが、あの子が大石さんを見た時のあの顔、忘れられません。猫はひげとしっぽに感情が出ると聞きますが、ちゃんと表情があるんですね。

会えた！　会えた！　会えた！　とそれはもう、うれしそうでした」

哲学者は驚いた。大石は例の沙織なのだ。良男はついに恋人に会えたのだ。めでたい。ああ、なぜ今夜に限って猫たちはおらんのだ。

「で、どうしましょう？　ペットショップで買ったのは大石さんですし、あの猫は間違いなくあなたのものですが」

「わたし、急いでペットと暮らせる家を探します。もしご迷惑でなかったら、それまであの子を中畑さんのうちに置いていただけないでしょうか。毒物をまく人間がいるとしたら、もう放し飼いはできません。かといってあの倉庫で隔離するのはちょっと、かわいそうなので」

「そうですか！　では喜んでお預かりします。今夜からさっそく良男と呼ぶ努力をします」

「いいえ、良男という名前はもうやめます」

「どうしてですか？　何か意味があってそう付けたのではないですか？」

大石は目を伏せて黙った。川の流れの音が際立つほど静かな時間が流れた。

やがて、「変わりたいんです」と大石は言った。そのあと、「変えたいのです」と言い直した。

今度は中畑が黙ってしまった。すると大石のほうから質問した。

「ピートって、あまり聞かない名前ですね。何か意味があるのですか？」

「わたしが昔夢中で読んだSF小説に出てくる猫の名前なんです」

「へえ、SF小説。面白いですか？」

「ええそれはもう！　良かったら今度お貸ししますよ。ハインラインという作家の『夏への扉』です。きっと大石さんも気に入りますよ。今度いらした時に、お貸しします」

「今度？」

「ええ、ピート、ではなく……」

中畑は躊躇《ちゅうちょ》したが、思い切ったように言った。

「ヨシオのために、また会いに来てください」

言ったあと、中畑の顔は少し赤くなった。

哲学者は思った。このヨシオは猫のことか、中畑のことかと。

一方、大石は深い意味にはとらなかったようだ。

「ありがとうございます。じゃあ、良男の名前、ピートにしましょうか」

「え？」

中畑は虚をつかれたような顔をした。

「でもその、いいんですか？」

「ピートのほうがかっこいいじゃないですか。良男より断然素敵です」

大石は笑顔で言った。

中畑は返事ができずにまばたきをくり返した。

大石ははっとして、「ごめんなさい！　中畑さんもヨシオさんなのに」と、困ったように口に手を当てた。

中畑は黙って頭をかいた。

「では今夜はこれで。おじゃましました」

大石が頭を下げると、「夜道は危ないので送って行きます」と中畑は言った。

「とんでもない。若くはないので、大丈夫です」

大石は遠慮したが、中畑は頑固に譲らず、ふたりは肩を並べて遊歩道を上流へと歩いて行った。

その後、大石はたびたびピートに会いに中畑家へやって来た。

いつも大きなバスケットを抱えていた。そのあと必ず中畑は大石を送って行った。

ふたりの姿を何度も見かけるようになった。猫が集会中の時もあって、水やりおじさんの遅く来た春をみな温かい気持ちで見守っていた。

彼女が例の沙織だと猫たちが気づいたのはなんと翌年の春だ。

猫の集会でもその話はニュースになった。

「溺れた良男が沙織と会えた」

「中畑さんに春が来た」

「良男がキューピッドだな」

「違う、良男はピートだろ」

クールなキイロはピンクの鼻をうごめかしてこう言った。

「だから、めぐりあわせって言ったでしょう?」

第四話

それぞれのクリスマス

その一

池永良男は渋谷のカフェの二階で、白いカップの底を見つめていた。

底に残った茶色い液体。

待ち合わせは夕方五時。二十分過ぎた。生クリームたっぷりのココアはあっという間に減った。最後のひとくちは冷めてしまった。冷めたココアは甘さがしつこくて苦手だ。

春夏秋は珈琲党だが、冬はココアを飲みたくなる。

小樽《おたる》の実家では冬になると祖母が作ってくれた。市販の粉に湯を注いで作る甘いミルクココア。

母は「虫歯になる」と嫌がったが、祖母は「カルシウムが入ってる。背は伸びるし、頭も良くなる」と言って、学校から帰ると必ず作ってくれた。

そのおかげか、身長は一八七センチ。北海道大学工学部に合格することもできた。

身長は血の影響もあるだろう。祖母はロシア人と恋愛し、母を産んだ。母はハーフ、池永はクォーターだ。髪は黒いが、瞳の色がやや薄く、ガラスみたいとよく言われる。

カフェの店内は混んできた。

クリスマスソングが流れている。何という曲なのか、音楽に疎《うと》い池永にはわからない。今日はクリスマス・イブだ。周囲を見ると、ほとんどがカップル。満席だ。空《から》のカップを前にいつまで座り続けていられるか、自信がない。

隣の席のカップルは、座るやいなや、男が女にリボンが付いた包みを渡した。女は「ありがとう」と言いながら、ちらちらと池永を見る。

池永はなるべく顔を見られないよう、下を向いて本を読む。

愛読書の『解析概論』を持って来て正解だった。微分積分学の古典的名著だ。池永は高校二年の夏にこの本と出会い、数学者になる夢を持った。どのページもそらで言えるほど頭に入っている。池永にとってはバイブルのような存在で、何度読んでも感動がある。今日もすぐに本の世界へ入っていった。

どれくらい経ったろう、床で金属音がして、池永は顔を上げた。

隣のカップルの様子がおかしい。女が真っ赤な顔をして、涙ぐんでいる。男が床に落ちた珈琲スプーンを拾おうとして、池永と目が合った。

「あんた、もう飲み終わったんだろ?」

男は池永を睨みつけた。地味なスーツのサラリーマン風の男が、まるでやくざのように凄んだ口の利き方をした。

池永は本を鞄にしまい、席を立った。カップを返却口へ戻すと、階段を下りる。男の舌打ち、女のすすり泣きが聞こえる。

こういうことは昔からよくあった。

彫りの深い顔、モデルのような体型が、本人の意思に反して波紋を呼ぶのだ。舌打ちする気持ちもわかる。クリスマスプレゼントを用意し、これから彼女と楽しい夜を過ごそうとしたところへ、たまたま隣の席に俳優のような男がいて、彼女はプレゼントよりも、その男が気になってならない。そういう状況では、堅気《かたぎ》のサラリーマンも、ついやくざな口を利きたくなるだろう。

池永は腕時計を見ながらカフェを出た。

四十分待ったのだから、もういいだろう。予定を変更し、坂の途中にある書店を目指す。数学の専門書が豊富な店だ。

背後からいきなり腕をつかまれた。

「池永、何間違ってんだよ」

教え子の山下帆乃だ。今日は私服で、白いダッフルコートを着ている。制服姿よりもやや子どもっぽく見える。

「西口のドトールって言ったじゃん。わたし、ずっと待ってたのに」

山下は頰をふくらませる。耳に星形のピアスが光る。

池永は渋谷駅西口の改札を出た記憶がある。

同じ方向にいったい何軒のドトールがあるのだろう？　小樽で育った池永には、渋谷はまるで未来都市だ。特にカフェ。あり過ぎる。しかしどこも満席なのだから、これでも足らないくらいなのだろう。

「間違えたかもしれない」

池永は腕を抜こうとしたが、山下はぎゅっとつかんで離さない。

「例の店、この坂の上にあるんだ」

池永は抵抗をやめた。トレンチコートに手を突っ込み、坂を上る。山下は勝手に腕を組み、鼻歌を歌いながら体を寄せてくる。

池永は都立高校の数学教師だ。教え子と腕を組んで渋谷の街を歩いているところを知り合いに見られたら、終わりだ。

それでいい。

池永はもう終わりにしたかった。

人とぶつからないよう歩きながら、東京はうんざりだと思った。

中学高校の頃は、数学が得意という自負があった。

しかし大学へ入った途端、数学的センスは無いと身に染みた。発想豊かな学友たちの中で、ひとり悪戦苦闘した。とにかく努力した。時間をかけ、思考を積み重ねるという、地道な努力だ。実を言うと、センスが無いと気付いてからのほうが、勉強が楽しかった。数学が好きという気持ちだけは、誰にも負けない自信があった。

修士課程を終え、いよいよ進路を決める時、池永は東京の大学の研究室を希望した。その研究室へ行けるのはたったひとり。なぜか教授は池永を推薦した。

学友たちは「え?」と不審な顔をしたが、池永は努力が認められたと思い、素直にうれしかった。

そして東京へ出て来た。

好きな研究に没頭できると期待に胸をふくらませた。教授は女性で、専門分野で名のある人だった。助手は七人いて、男性五人、女性二人。みな池永より年上で、優秀だった。

　ところが、入って一ヵ月で気付いた。研究室の空気がおかしいのだ。池永が挨拶しようとすると、目をそらす。連絡事項が回ってこない。飲み会は外される。

　半年後に知った。驚くことに、二十も年上の教授との関係をうわさされていたのだ。さらには、先輩女性との二股疑惑まで聞こえてくる。全く身に覚えの無いことだ。

　研究室のムードはどんどん悪くなった。

　三つ歳上の男性の先輩から「本当のところはどうなんだ」と聞かれ、「何もありません」と言うと、「故郷に婚約者がいるとか、嘘でもなんでも、そういう設定にしておいたほうが、やりやすくなる」とアドバイスされ、その通りにした。

　その後、研究室のムードはさらに悪化した。

　アドバイスをくれた先輩すら、池永と距離を置くようになった。池永には何がなんだかわからない。

　いったん狭い世界でそうなると、修復は難しい。人間不信に陥り、数学への情熱も疲弊した。

研究室を辞めたいと教授に告げた時、「もったいない」と言ってもらえたのが唯一の救いだ。就職先は口を利いてもらえた。北大で教員免許をとっておいたのが幸いして、都立高校の教師になった。

・思えばあの時、小樽へ戻れば良かったのだ。ノイローゼに近い状態だったため、視野が狭くなっていた。

勤務先は優秀な学校で、荒れてはいなかった。

しかしやはり見た目が災いし、生徒に手紙を貰ったり、告白されたりと、対処に困ることが続いた。同僚の教師たちの目も気にはなったが、人に相談するのは懲《こ》りたので、ひとりでよく考えて慎重に行動した。

告白してくるのは女子だけではない。男子もだ。日々の授業、受験指導だけでもたいへんなのに、恋愛問題まで降りかかるとは。こうなると、北大でひとり東京行きの推薦を貰えたのは、ルックスのせいかと思えてくる。贔屓された、もしくは、疎んじられて外へ出されたかのどちらかだ。

努力の末進路を勝ち得たという自信が根底から崩壊し、数学への愛も見えなくなってきた。今までのラッキーもアンラッキーも、実力ではなく、すべて見た目によるものと思えてくる。

仕事を終えて帰る途中、近くのスーパーで、レジのおばさんから励まされたことがある。疲れが顔に出てしまっているのだろう。

田舎町で育った数学馬鹿の池永には、東京の高校生の言動は理解できず、良かれと思って言ったことが裏目に出てしまい、恨みを買ったりもした。

男子生徒にストーカーされた挙げ句、その母親から文句を言われる。それでも頭を下げなければいけないのが教師だ。

その男子は病的に固執する性質で、池永へのストーカー行為をやめると、近隣の塀にらくがきしたり、小動物をいじめたりしていたらしい。近所の人に通報され、事が大きくなり、退学した。

この生徒が退学したと聞いた時、池永は正直ほっとした。同時に、ほっとした自分を嫌悪した。退学後の行く末を心配し、見守り続けるのが教師のつとめだと思う。

つくづく教育者に向いてないと感じる。器《うつわ》ではないのだ。

今腕を組んでいる山下も、悩みの種だ。

一度も担任になったことはないし、数学の授業も彼女のクラスを担当したことがない。なのに万引きしてつかまると、「担任は池永先生です」と嘘をつき、呼び出される。ただもう肉親に甘えるように、池永に固執するのだ。

彼女の担任の女教諭の話によると、入学時は成績優秀で素直なごく普通の生徒だったらしい。一年の夏休みが終わったあたりから、遅刻が増え、髪を染めたり、ピアスをするようになったと聞く。

「高一の夏って、鬼門《きもん》よね」と女教諭は意味ありげに笑った。

池永は、それは違うのではないかと思った。

山下は子どもだ。女を感じない。ピアスをしてもマニキュアを塗っても、子どもの遊びにしか見えない。何かもっと違う鬱屈《うっくつ》を抱えていそうな気がした。

今日は休日出勤し、進路指導の資料を作成していると、職員室に電話がかかってきて、「渋谷で万引きした服を返しに行きたいから、付いて来てほしい」と言う。職員室には自分しかおらず、しかたなく待ち合わせた。大人をからかうようなところがあるから、嘘かもしれないと思いつつ、カフェで待っていた、というわけだ。すっぽかされてほっとしていたのに、会ってしまった。

坂を上りながら、池永は考えた。

おそらく彼女はクリスマスにお気に入りの教師と渋谷を歩くというシチュエーションを楽しんでいるのだろう。山下は小さなポシェットひとつの軽装だ。万引きした服など持ってはいない。

教師である自分は、万引きの事実が無いことに安堵するべきなのだ。しかし池永の胸には「いい加減にしてくれ」という思いがあった。誰に腹を立てているわけでもない。状況にうんざりしているのだ。

祖母よ、なぜロシア人と恋愛などしたのだ？　なぜこのような顔と体を自分は引き受けねばならない？

「見えた」と山下は言った。

いかがわしい場所かと案じていたら、違った。

懐かしい感じがする、こぢんまりとしたレストランだ。

山下はドアを開けて中へ入った。そう広くはなく、アイボリー基調の内装で、天井が低くて落ち着く。山下はウエイターに「予約してあります」と言った。

二人席に案内された。白いテーブルクロスは清潔で、染みひとつ無い。

その席からよく見える位置に、大きな絵が飾ってある。池永は絵には詳しくないが、心惹《ひ》かれるものを感じた。

向かい合って座った。

「ここ、よく来るのか？」と聞くと、「初めて」と山下は言った。

さっきからずっと山下は絵を見ている。顔がこわばっている。

池永は「万引きの話は嘘なんだね」と言ってみたが、耳に入らないようで、熱心に絵を見続けている。

ウエイターが注文をとりに来た。

池永はふと、「なぜ教え子と飯を食うはめになったんだろう」と思ったが、渋谷の喧噪とはうって変わって静かな店内に心地よさを感じ、「まあ飯くらいはいいだろう」と腹を決めた。

メニューは、山下は初めてでわからないと言うし、聞くとオランダ料理ということで、池永もわからない。「何か温かいものを」と言うと、ウエイターは「承知しました」とにこやかに去った。

広くはないスペースに客席が上手に配置され、他の客が気にならない。人通りの少ない場所にあるのに、クリスマスだからだろうか、満席だ。

山下は料理がくると、「いただきます」と言って普通に食べ始めた。牛ほほ肉の煮込みとマッシュポテトは家庭的な優しい味だ。

なぜクリスマスに女子高生とオランダ料理を食べているのか。ひっかかりを感じつつも、池永はこの状況を自然なことのように感じ始めていた。料理の優しさが心をおだやかにしたのかもしれない。

肉のかたまりを頬ばりながら、山下は言った。

「あの絵が見たかったの」

池永はマッシュポテトを飲み込みながら、あらためて絵を見る。

「有名な絵なのか？」

山下はしばらく黙っていたが、突然低い声でぼそりと言った。

「盗んだ絵」

池永はフォークを持つ手が止まった。

「わたしが盗んだ絵なの」

山下はくり返し言った。

池永はグラスの水を飲んだ。万引きがここへつながるとは想定外のことだ。やはりこの子は油断できない。

「画家の名前は？」

聞いたってわからないのに、思わず質問していた。

山下は「ゴッホ」と言った。すぐあとに「叔父さんの絵なの」と言い直した。

池永は再び絵を見た。構図が斬新だ。

背景は青が基調。長椅子の上にひまわりが無数に横たわっている。ひまわりの黄色が激しく主張している。ひまわりには根っこがあり、土まで付いている。乱暴に引き抜いたものを丁寧に寝かせたような、不思議な絵だ。根っこの下に赤いハイヒールが片方だけ置いてある。それがこの絵の秩序を乱している。

達者な画家が、突然投げやりになった、というふうにも見える。

山下は説明する。

「これは途中の絵で、描きかけなのだけど、叔父さんがほかの絵に取りかかってしまって、長いこと見捨てられてたの。この絵がかわいそうになって、こっそり叔父さんのアトリエから盗んでやった」

池永はほっとした。身内だし、そういうことならば窃盗とは言えないだろう。

山下は食後に紅茶とアップルタルトを頼んだ。池永は珈琲だけを頼んだ。

待つ間に、山下は話した。

「かわいそうな絵なの。盗まれたのに、叔父さん全然気付かないの。見捨てられた絵なのよ」

「別の絵が仕上がったら、この絵を仕上げるつもりだったんじゃないのか？」

池永がそう言うと、山下は黙ったまま絵を見つめた。頭を傾け、何か考えている様子だ。池永は続けた。

「このままでもすばらしいけど、手を加えたらどうなるのか知りたい。叔父さんに盗んだことを謝って、仕上げてもらったらどうだろう？」

山下は返事をせずに絵を見ている。

説教臭かったかな、と池永は思った。しかし本音が入っている。非常に面白い絵なので、この絵がどう変化するか、気になるのだ。

しばらくしてやっと山下が口を開いた。

「盗んだことは、謝らない」

唇を嚙みしめ、決意は固そうだ。

池永は言葉が見つからない。「謝れば許してくれる」とか、「反省すればやり直せる」とか、すべてが使い古されたセリフで、現実味がない。実際に世の中は、やり直せないことばかりだと池永は思う。

なにせ自分は大学の研究室に戻ることができない。

小樽の実家で祖母のミルクココアを飲むこともできない。

祖母は一昨年倒れて今は施設にいる。認知症が進み、会いに行っても「どちらさまですか」と言われる。それが辛くて、足が向かない。一年以上、会ってない。

食後の飲み物とデザートが来た。

山下は紅茶にミルクをあふれるほど注ぎ、ティースプーンでぐるぐるかき回した。

池永は再び絵を見た。

最初見た時、赤い靴がひっかかり、不自然に感じたが、今はあれが無くてはならない存在にも思えてくる。

空腹と満腹では、絵が違って見えるのだろうか。

ひょっとしたら……池永にはある考えが浮かんだ。

「この絵は完成してるんじゃないか？」

山下は驚いたようで、目を大きく開いた。

「完成して見える？」

「途中のように見える時もあれば、完成形のようにも感じる」

山下は絵を見つめる。

池永も答えを探すように絵を見る。正解はあるのだろうか。

「叔父さんはここに飾られてるのを今も知らないのか？」

山下はうなずいた。

「連れて来て見せてみたら？　怒られたっていいじゃないか」

言ってしまって、ひやりとする。また説教臭くなってしまった。

　ウエイターが紅茶のお代わりを山下のカップに注いだ。池永のカップには珈琲が注がれる。山下はアップルタルトに手を付けずにいる。

話が途切れると、池永はクリスマスソングが流れていることに気付いた。先ほどのカフェで流れていた曲と同じだ。

「この曲、クリスマスによく聞くけど、なんという曲だろう？」

「『Sleigh Ride』」と山下は言った。発音が良い。

池永は思い出した。山下がスーパーで万引きをした日のことだ。保護者に連絡すると、翌日母親が現れた。弁護士で、教育熱心なタイプだった。英語は三歳から習わせていると言っていた。母子家庭と聞いている。

「『Sleigh Ride』……そりすべり？」

「うん。クリスマスソングじゃないけど、日本ではクリスマスにお店で流れる」

「なぜだろう？」

山下は「この曲について叔父さんと話したことがある」と言う。

「クリスマスに日本のどこかで、たまたまお店でかかっていて、それを聞いた人がクリスマスソングと勘違いして、自分のお店でも使って、それを聞いた人がまたクリスマスソングだと勘違いして、という、勘違いの連鎖によるものだと叔父さんは言ってた」

池永は微笑んだ。

「面白い叔父さんだ」

やり手の母親と対照的な、絵を描く叔父。山下にとってほっとできる存在だったに違いない。

「わたし叔父さんを殺したの」

突然、山下は言った。

池永はぎょっとした。山下は無表情だ。

いつも作ったような表情をしているから、むしろ心を開いたような気がした。これが山下帆乃の素《す》の顔なのだ。池永は黙っていた。下手に相槌を打つと、また心を閉じてしまう気がした。

やがて山下は少しずつ話した。

子どもの頃から叔父さんが大好きだったこと、叔父さんを独占したくて、叔父さんの飼い猫にまでやきもちを焼いたこと、叔父さんは目が悪かったこと、振り向いてほしくて目のことをからかったこと、叔父さんは屈折していたこと、でもそれを克服して、すばらしい絵を描き始めたこと、その絵にやきもちを焼いて、この絵を盗んだこと、とうとうすばらしい絵が完成したこと、その絵を見た時、盗んだこの絵を返そうと決めたこと、今までのことを謝ろうと思ったこと、でもすぐには言えなくて、何かしてあげたくて、部屋を掃除したこと、それが原因で火事になり、叔父さんも完成した絵も焼けてしまったこと。残された絵は、この一枚だということ、怖くてこの絵がずっと見られなかったこと、でも人に見てほしくて、おかあさんに頼んで、この店に飾ってもらっていること、今までこの店に来られなかったこと。

ひとつひとつをさら、さら、と流すように語る。

言い訳になってしまわないよう、途中でやめてしまわないよう、細心の注意を払って、そう話しているのだと池永は感じた。

「ゴッホはね、横顔が池永先生に似てるんだ」

そう言ったあと、山下はまばたきをした。

以前から山下はやたらと腕を組みたがった。池永はその理由がわかった。万引きした理由、髪を染めた理由、彼女が抱えているものの重みが、わかった。

話を聞いているうちに、雪が降ってきた。絵のすぐ横の窓から、淡雪が見える。

雪とひまわりの絵が、妙に調和していた。

「ごめんなさい」

山下の目から涙がひとつぶこぼれた。

叔父さんに謝っているのだと、池永は思った。だから池永は何も言わなかった。

山下は話したことで落ち着いたのか、顔を上げて絵を見つめ、雪に気付いて、ふわっと、柔らかい顔になった。

静かな、とても静かな時間が流れてゆく。

池永は雪を見ながら、三学期を終えたら高校教師を辞めようと思った。

途中で挫折してしまった素数の研究。どこでもいい、受け入れてくれる研究室を探し、再び挑戦しよう。祖母にも会いに行き、たとえ話がわからなくても決意を伝えよう。そしてミルクココアを作ってあげるんだ。

生涯かけて研究を続け、リーマン予想を証明できたら、その瞬間に死んでもいいと池永は思った。

「名画を描き上げて死んだ。良い人生だ」

池永の口から自然に出た。教師としてではなく、ひとりの男として、心からそう思った。

山下は微笑んだ。他意の無い笑顔だ。

この子はそろそろ自分に戻るだろうと、池永は思った。

罪を抱えたまま、それでも自分らしく、歩き始めるだろう。

山下はアップルタルトをフォークで半分に切り、「半分あげる」と言った。

教え子と半分ずつ食べるアップルタルト。

さわやかな酸味が口の中に広がった。

その二

片岡はコンビニでビニール傘を買った。

すぐに止むと思った雪は、淡雪から粉雪に変わって、しつこく降り続ける。

傘をさし、渋谷の繁華街を通り抜ける。

『We Wish You A Merry Christmas』が流れ、大勢の若者たちが傘もささずにホワイトクリスマスを楽しんでいる。片岡はこの曲を聴くと頭が痛くなる。

「あなたに楽しいクリスマスを！　あなたに楽しいクリスマスを！」

クリスマスを楽しむよう強要されている気がする。

三十分ほど前、片岡が渋谷駅に降り立った時、まだ雪は降っていなかった。渋谷駅周辺の人混みに気圧《けお》され、少し離れたビルの一階に入り、暖をとりながら、スマホで目的地を検索した。

ぷんと獣の臭いがした。

そこはペットショップで、デート中の男女がガラスケースの子犬を見て「かわいい」などと言いながら、いちゃついている。イブの夜に荷物になる犬猫を購入する人間はおらず、無料の見世物小屋と化していた。

スマホで目的地が確認でき、さて行こうとすると、ふらりと店内に女性が入って来た。

四十歳くらいの地味な中年女で、顔色が悪い。寒くて、思わず駆け込んで来た、という感じだ。

ひとり客は珍しいので、距離を置いて見ていると、女は不思議なことに、しばらく空のガラスケースを見つめていた。女にだけ架空の動物が見えているのか、と疑うほど、凝視している。そのあと、その横のロシアンブルーに目を移した。

それはあきらかに売れ残った物件で、成長し過ぎている。店員は目ざとく女の視線をキャッチすると、赤マジックで七万円の値札を三万円に書き直した。

女はまんまとひっかかった。

安物の財布から、全財産と思われる三万円を店員に渡すと、紙の箱に入れられた賞味期限切れの猫を渡され、両手で受け止めた。そして片岡の目の前を通り過ぎ、出て行った。

女の表情に、えも言われぬ幸福感があるのを片岡は確認した。

そのあと、片岡はビルを出て目的地を目指した。すごい人だ。

人・人・人。

なぜみんなここにいるのだろう？

クリスマスに渋谷にいることが幸福の証明なのだろうか。

ひょっとすると、今渋谷にいるどのカップルよりも、あの冴えない中年女とロシアンブルーは幸福なのかもしれないと片岡は考えた。女は孤独から解放され、ロシアンブルーは処分を免れた。

そう考えると、本日の自分の行動も、そう悪くないように思えてくる。徒労に終わるのを覚悟して、とにかく行ってみることだ、と思った。

その心に賛意を示すように、雪が降ってきたというわけだ。

買ったばかりのビニール傘をさしながら、繁華街を抜けると、住宅街に入った。ぐっと静かになったが、コンビニやファーストフード店は点在している。渋谷の住宅街と言っても、高級感はなく、古そうなアパートや小さな一軒家が密集している。

クリスマスソングの聞こえない場所に来ると、片岡は落ち着いた。

入り組んだ路地の先に、目的地はあった。

木造モルタルアパート、二階建て。その一階に目指す苗字を見つけた。部屋に灯りはついておらず、まだ帰宅していないようだ。

片岡は「家賃は九万五千円てとこか」と見積もった。職業病で、物件を見ると見積もる癖がある。片岡はさびた郵便受けを見て、首を傾《かし》げた。彼女らしくない。オートロックのマンションだとばかり思っていた。

足が冷える。人通りの無いアパート前で待つのもどうかと思い、少し引き返すことにした。

近くのコンビニかカフェで暖をとりながら、通りを眺めていればいい。通るかもしれないし、通らないかもしれない。が、とりあえず二時間は粘ってみようと決めた。まるで中学生みたいだ、と思いつつも、そういうふうに傾く自分の気持ちに酔っていた。

百メートルほど戻ったところにある小さなコンビニに入った。

すると店員に「濡れた傘は外の傘立てにお願いします」と注意された。

片岡は驚いた。

「奈良崎《ならさき》？」

長い黒髪を後ろで束ね、大きな瞳、皮肉しか言えないような歪んだ唇。

それはまさに、本日の目的地に相違なかった。ブルーの制服を着て、エプロンをかけている。

奈良崎は「傘、傘」と言いながら片岡から傘を取り上げ、店を出た。

「濡れた傘は困るの。床が滑るから」

店の前で傘をつき返された。

「バイト？」

「ええ」

「今日は何時まで？」

「あと一時間」

「待ってる」

奈良崎は怪訝な顔をした。

「何か用？」

「クリスマスプレゼントを渡したい」

奈良崎は片岡の両手を見た。持っているのはビニール傘だけだ。

「クリスマスプレゼントを渡したい」

片岡は同じセリフをくり返した。

「あそこで待ってて」

奈良崎が指差したのは、向かいのハンバーガーショップだった。


ぴったり一時間後、ハンバーガーショップの二階に奈良崎は現れた。

地味な紺色のハーフコートを着て、トレイにハンバーガーと珈琲を載せている。

片岡を見つけると、「喫煙席を捜したけどいなかった。あなた、煙草やめたの?」

と言いながら、トレイをテーブルに置き、コートを脱いだ。そして座った。水色のくたびれたトレーナーを着ている。

奈良崎の何もかもが片岡を驚かせた。

「食べるのか?」

「夕食まだなのよ」

奈良崎はもうハンバーガーを食べ始めている。

クリスマスの夜に久しぶりに会った女とハンバーガーを食べる状況を片岡は想定していなかった。誘うはずのバーやレストランのラインナップが頭をよぎる。目の前の奈良崎は迷うことなく食べ進む。

片岡は気付いた。一時間待つ間に飲んだ珈琲は、そう馬鹿にできない味だったと。

「飲み物追加で買ってくる」

一階に下り、中学生らに混じって何年ぶりかでハンバーガーを注文した。トレイに載せて席に戻ると、奈良崎はもう食べ終えて、珈琲を飲んでいる。

「プレゼントって何？」

片岡は苦笑した。

「あいかわらずガツガツしているな」

すると奈良崎はてのひらを差し出した。片岡は笑った。この仕草を何度見ただろうと、懐かしく思う。最初にこうされたのは、ゴッホのアトリエだった。

「てっきり金づるを見つけて、良い暮らしをしていると思ったよ」

片岡がそう言うと、奈良崎は手を引っ込めて、ふんと鼻で笑った。

「嫌味で言ってるんじゃないんだ。元気そうで良かった」

片岡は言い訳している自分に気付き、口を閉じた。

窓の外は雪だ。

ハンバーガーショップの二階には、塾帰りの中学生や、会社帰りのサラリーマンがちらほらいるだけだ。さすがにイブの夜をハンバーガーで済ませる人間は少ない。

「どうやってわたしの居場所を突き止めたの？」

「不動産屋は個人情報をつかむのがうまくてね」

「おお怖い。バイト先までわかるわけ？」

「いや、アパートに行ったんだ。留守だったんで、コンビニに入ったのは偶然だ」

「食べないの？」

「え？」

「ハンバーガー、食べないの？」

言われるまで、片岡はハンバーガーの存在を忘れていた。

「食べないなら、ちょうだい」

片岡がうなずくと、奈良崎はふたつめを食べ始めた。

そうだ、よく食べる女だったと、片岡は過去を振り返る。

最初に出会ったのは勤務先だ。郊外の不動産屋。大手チェーンの支店だ。

彼女は客だった。地味な身なりで、安いアパートを探していた。希望の家賃を堂々と言った。驚くほどの安値で、余程の世間知らずか、馬鹿だと思った。

バイトを紹介すると言うと、のこのこ付いて来た。ゴッホが留守だったので、いたずらに「裸婦のデッサンだ」と言うと、さっさと脱いだ。世間知らずでも馬鹿でもなく、したたかな女なのだと感じた。

馬鹿なのは自分のほうで、肌を見たら好きになっていた。

ゴッホが戻って来て、ひと悶着《もんちゃく》あった。

そのあと追いかけて声をかけたら、片岡のマンションに転がり込んで来た。

ゴッホの家から持って来たアンティークの時計は返すように言った。嫌だと言うから、金を渡した。

それからしばらくの間、おおよそ同棲していた。

片岡が出勤したあと、彼女がどうやって過ごしていたかは知らない。生活費を渡すと、美容院へ行ったり、服を買ったりしていたようだ。たまに帰って来ない日もあった。

古時計をなかなか返さないので、強く言うと、どうにか戻しに行った。その後、ゴッホのもとでたびたびモデルをしていたようだ。ゴッホは絵にのめり込んでいった。

片岡には、ゴッホが奈良崎にのめり込んでいるように見えた。そう見えたのは、自分自身がそうだったからかもしれない。

真相はわからない。永久に謎のままだ。

ある日突然、奈良崎は消えた。何も言わず、マンションから出て行った。最初ゴッホのところへ行ったのかと思ったが、違った。ゴッホはモデルが来なくなったことにも気付かないようで、狂ったように絵に没頭していた。

「煙草、やめちゃったのね」

奈良崎はふたつめを食べ終えた。

「ああ、やめた」

アトリエの火事以来、片岡は禁煙している。

あそこは片岡にとって喫煙ルームだった。そしてゴッホはそれを許してくれた。仕事で知り合った売れない絵描き。正確に言えば、売らない絵描きだ。生まれも育ちも違うが、なぜか時々顔を見たくなる。ゴッホの不器用な生き方を見ていると、ほっとした。

あの火事については、警察は画材の処理のミスと見ていた。油の染みた布は、温度が上がると自然発火するのだ。ゴミ箱が火の元と警察は断定した。

あのゴミ箱はいつも片岡が吸い殻を捨てるので、ゴッホは紙や布を捨てないようにしていた。灰皿として使えるよう、配慮してくれていた。

あの日も片岡は煙草をゴミ箱に放った記憶がある。もしあのあと、ゴッホがあそこに布を捨てたとしたら、自殺とも考えられる。

ゴッホは慎重で神経質な男だった。うっかりとは考えられない。

絵を仕上げて、自殺。それとも事故か。片岡はずっとひっかかっている。

「あの絵、仕上がったのかしら」

奈良崎が突然言った。

絵のことを覚えていたのだ。

片岡は「絵は仕上がった」と言った。

「どうしても君に絵を見せたくてね」

「クリスマスプレゼントって、その絵？」

「そうだ」

「どこにあるの？」

片岡はポケットからスマホを出し、画像を見せた。

奈良崎が描かれた絵を奈良崎が見つめている。

片岡はもうそれだけで、胸が熱くなる。

奈良崎は「すばらしいじゃない」とため息をついた。

「彼、才能があると思ったのよ」

「ああ」

「彼、これからどんどん世に出ていくわよ」

「うむ」

「あのひまわりの絵は、どうなの？　あっちも仕上げたのかしら。写真は無いの？」

「無い」

「まあ、いいわ。いずれ見に行くから」

「行くのか」

「行くわよ」

奈良崎は微笑んだ。

「彼、わたしにこう言ったの、覚えてる？　あんたが司法試験に受かる頃、絵も仕上がるだろうって」

「そんなことを言ったな」

「わたしね、グサッときたの。お前は何をしてるんだ、将来どうするんだ、努力しているのかって非難されたような気がして。もちろん彼はそういう意味で言ったんじゃないんでしょうけど。人って傷つく時、自分に原因があるものなのよ。自分が気にしてることだから、傷つくの」

奈良崎は話しながら、指に付いた油を紙ナプキンでぬぐっていた。

片岡は、ゴッホが絵を描く時、よくそうしていたことを思い出した。

「猫がいたわね、キイロという名の」

「ああ」

「子どもの頃、よく猫と遊んだわ。飼うとか、大げさなことじゃなくて、長屋みたいなところに住んでたものだから、野良猫がそこらへんにうろうろして、部屋にも出入りしてて、たまに魚を盗まれたりして、頭にくるんだけど。ある日のことよ、押し入れの布団の中で猫が子どもを産んだの。布団が血だらけになったし、母は激怒して川に捨てるって騒いでた。わたしね、追い出さないでって泣いて頼んだの。かわいいとこあるでしょ？」

「それでどうなった？」

「子猫に貰い手が見つかるまでという条件で、置いてもらった。まあ、わたしが包丁振り回したりしたものだから、半ば強制的に」

「過激だな」

「わたしね」

奈良崎は頬づえをついた。

「家族とうまくいかなくて、男とかけおちしたのよ。そこでもうまくいかなくて、家出して、居場所を探していたの。だからって何をどうやったら居場所が手に入るかわからないわけ。そんな時にあなたとあいつに出会った。そこでいきなり司法試験と言われて、はっとしたのよ」

「勉強を始めたのか？」

「中卒のわたしが勉強って言っても、何をしたらいいかわからない。まずは本屋へ行ったの。六法全書を手にとって、でも重たいからすぐにあきらめた。あなたのうちにいる間に、将来をあれこれ考えたんだけど、ここに居座るのもありかなって。あなた、あのアトリエでわたしの裸を見ながら、ずいぶん長々とおしゃべりしてたじゃない？　ちょっと緊張してたでしょ？　あの時、こいつはお人好しだ、ってわかったの。ふふ、怒った？　お人好しをひとりつかまえておけば、女は食うには困らない」

奈良崎は微笑んだ。

片岡の脳裏に当時の光景がまざまざと浮かんだ。２ＤＫのマンション。毎夜帰宅時に緊張した。彼女がいるかいないか、小さな賭けだった。

「そんな時にあなた、あいつに時計を返せってしつこく言うから、返しに行ったの。そしてまあ、しゃべっているうちに、脱いじゃったの。モデル代は貰ってない。だって、この絵はわたしがオーダーしたんだもの」

片岡は驚いた。

「君が描かせたのか」

「そう、これわたしの絵」

「なのになぜ君はいなくなった？」

「彼の絵、どんどん良くなっていったでしょう？　ぞくぞくしたわ。このままここにいたら、彼の絵が仕上がってしまう。司法試験は無理だけど、絵が仕上がる前に、わたしも何かつかんでおかなくちゃ、と思ったのよ」

「それで消えたのか」

「簿記を学んだわ。検定を受けて、三級は合格した。でも三級だと意味が無いんですって。潰しが効かなくて、就職できない。そういう情報、知らなかったものだから。でも勉強して合格したことに達成感があったし、自信も付いた。今二級を目指しているところ。必ず取得して、事務職を得るわ」

「事務職が目標なのか」

「そうよ。夢なの。わたし、事務がやりたい。パートでもいいから、事務をやりたいの。コンビニのバイトに時間を取られるけど、勉強して必ず合格する。そして事務職に就けたら、最初のお給料で絵を買いに行く」

「そうか」

「まさかあいつ、売っちゃったりしてないよね」

片岡は窓から外を見た。雪は本格的に降っている。今夜遅くまで降るつもりのようだ。雪は本気だ。奈良崎のように。

「必ず君が買いに来る、とあいつは言ってたよ」

「でしょ？」

「ずっと君を待っているようだ」

奈良崎は微笑み、スマホの画像を見た。

「クリスマスプレゼントありがとう。写真を見て俄然闘志が湧いたわ。この絵を自分のものにできるよう、がんばる」

「画像を送るよ」

「スマホもパソコンも持ってないの」

「じゃあ、写真をプリントアウトしよう」

「なんで？」

奈良崎は目を大きく開き、肩をすくめた。

「絵を買いに行くから、写真は要らないわ」

「……」

「わたしがオーダーした絵だもの」

「……」

「まさか、わたしが事務職に就けないって思ってる？」

「いや」

「写真は要らない」

片岡は「うむ」と言った。

奈良崎は勉強しなくちゃと言って、帰って行った。トレイは置きっぱなしで、ハンバーガーの包み紙も畳まない。昔とちっとも変わらない。

片岡は窓から外を見た。

雪は降り続いている。白い道を奈良崎が走って行くのが見える。黒い髪に白い雪が付いては落ちる。

片岡は傘をあげれば良かったと思った。がすぐに、傘が必要なのは自分かもしれないと思った。

そして、三

人間たちのクリスマスの余波は、猫たちにも多少の影響はある。

ねこすて橋では、毎年クリスマス・イブの夜に集会が開かれている。

もちろん、猫たちにカレンダーは無い。

人と暮らしている猫が、わが家の尋常ではない変化に怖じ気づいて、橋にやって来て、みんなに相談するのだ。

「なんだかおかしいんだ、うちのご主人」

赤い首輪をした茶トラが不安を口にする。

「何日も前から、うちの中に大きな木を持ち込んで、キラキラした玉や大きな毛虫をいっぱいくっ付けて、夜になるとそれがぴかぴか光るんだ。気味が悪くて、このところ眠れない。特に今日はひどくて、パンパンすごい破裂音がして、音がするたびに人間はきゃあきゃあ笑うんだ。怖くて逃げ出して来た」

「あら、うちもよ」と青い首輪の牛柄猫は言う。

「木がうちの中にあって、夜になるとぴかぴか光ってる。でもうちの木はそう大きくないわ」

するとクロがあきれたように叫んだ。

「きみらはまた忘れてしまったのか！」

クロの発言に、集会に参加した猫のうち三分の一は「何のことだろう」と思い、三分の二は「ほんとになあ」と思った。

「記憶が一年保たないとは不便だな！　まったくもう！」とクロは大声で叫ぶ。

長毛のヒマラヤンは「まあまあまあ」とクロをなだめる。

「しかたないよ。猫は記憶力がまちまちなんだ。これは神様がくれた猫への多様性という贈り物だ」

クロはケッ、とそっぽを向く。ほかの猫たちもヒマラヤンの言葉はのみ込めない。

「お前、ご主人が大学教授だからって、難しい言葉を使うなよ」

「教養をひけらかすの反対！」

ヒマラヤンはふうっとため息をつき、嚙みくだくように説明する。

「忘れるほうが、生きやすい。そういう場合もある。覚えてないと、生きにくい。そういう場合もある。どんな状況下でも猫が死滅しないように、猫の能力はまちまちに作られているんだ」

「ジョーキョーカ？」

「そういうことはいいから、木がぴかぴかする理由を教えてよ」と牛柄猫は言う。

キジトラ男子が説明する。

「クリスマスだよ。その木はクリスマスツリーだ。一年に一回、冬にやるイベントだよ。きみらは毎年言ってるぜ。木がぴかぴか光り始めた、なんだろうって」

「イベントって何？」

「お祝いみたいなものだ」

「何を祝うんだ？」

「木を祝うんじゃないかな」

「うちには木が無いぜ」

太った猫が口を出す。

「うちの中はいつもと変わらない。けど、玄関前になんか飾ってる」

「リースだろ。お前んちは見栄っ張りで、外面だけクリスマスやってるんだな」

クロは先ほどから黙っている三毛猫に尋ねる。

「キイロ、きみは前は家猫だったろう？　きみのご主人はツリーを飾ったりした？」

キイロは「いいえ」と答える。

「ゴッホはお祝いとは無縁の人だったわ。でも確か姪の女の子が、ケーキを買って来た。クリスマスケーキって言ってたと思う。ゴッホはあまり好きじゃないみたいで、ひとくちしか食べないんだけど、女の子は毎年買って来て、自分の分を食べていくの。おいしいのよ」

みんなざわっとした。

「ケーキを食べたことあるのか？」

「どんな味だ？」

キイロは遠い記憶をたぐりよせて説明する。

「ケーキが入っていた箱についたクリームを舐めたことがあるの。白くて、脂がたっぷりで、甘い。おかあさんのお乳を思い出したわ」

「おかあさんのお乳か。おかあさんのお乳か。それはいいな」と茶トラは言った。

クロはあきれた。

「おい、茶トラ、一年前のクリスマスを忘れるのに、おかあさんのお乳は覚えてるのか」

「そりゃあ、そうだろう。おかあさんのお乳を忘れる猫などいない」

それはみんなの総意のようで、「そうだそうだ」と声が上がった。

クロは置いていかれたような気持ちになって、黙り込んだ。

生まれてすぐに母猫から引き離され、捨てられた過去がある。死にかけていたところを人間に拾われて、薄めた牛乳を与えられて育った。その時にクロという名前を貰った。三ヵ月後に自由を求めて脱走し、今に至る。

「何ごとにも例外はあるものじゃ」

毛がぼさぼさのばあさん猫はささやいた。

「クリスマス、見たいな」

かわいい声がした。秋に生まれた子猫だ。

猫はたいてい春から夏に生まれる。秋生まれの猫は冬を越せずに亡くなる場合が多い。この子猫は三毛猫なのに男子で、猫としてはできそこないの部類なのだが、人間界では価値があるらしい。

おかあさんときょうだいは、つい最近、交通事故で死んでしまった。

その時、集会が開かれ、交通遺児の子猫について話し合われた。

まだ小さいし、かわいいし、家猫になったほうがいいのでは、という意見が出た。エサやりの人間が気付くよう、人に貰われるよう、し向ける動きを提案する声が多く上がったが、キイロは断固反対した。

「だって三毛猫の男子よ！　お金欲しさにこの子を引き取るような人間だったら、ろくなことにはならない」と、すごい剣幕で言った。

それまでキイロが何かを強く主張することはなかったので、みんな驚いた。

キイロはとうとう一度も子どもを産まなかった。

出産適齢期に家猫だったため、出会いがなく、産む機会を逸してしまったのだ。もうこれから産むことは無理だろう。だからこの子猫を息子のように思って、育ててみたいのだろうとみんなは考えた。

子猫はキイロに託された。

お金に目がない人間にさらわれないように、事故に遭わないように。キイロは大切に育てている。「かわいいぼーちゃん」と、それはもう舐め尽くすように面倒をみている。

「ぼうずにクリスマスを見せてやろうか」とクロは言った。

「どうやって？」キイロは疑心暗鬼だ。

「ほら、水やりの中畑さんちを見ろよ」

クロの言葉に、みんな中畑家を見た。灯りがついている。

「今日は庭に面した大窓のカーテンが開いている。縁側から中が覗ける。ツリーが飾ってあるかもしれない」

「そうだな」と灰色猫は言った。

「中畑さんなら俺たちが覗いても怒ったりしないさ」

クロはキイロを安心させるように言った。

「ぼうずに覗かせてやろうぜ」

子猫はすかさず言った。

「ぼく、クリスマス、見たいな」

子猫は甘えるように、キイロの前足に頭を押し付けた。

キイロは子猫の頭を舐めながら諭す。

「クリスマスツリーは、杉の木が小さくなったようなもので、見たって面白くないわよ。ほら、杉の木なら川沿いにいくらでもあるじゃない。青目川にいてもクリスマスを味わえるわ」

子猫は願いが叶いそうになくて、悲しくなった。気持ちを立て直そうとして毛繕いをしたら、バランスを崩してしまい、尻餅をついた。自分ひとりで毛繕いをするのはまだうまくない。

　キイロは「おばかさん」と、子猫を舐めようとして、ばあさん猫に注意された。

「好奇心は自立への一歩だ。自立を見届けるのも、おかあさんの仕事じゃないかい？」

　キイロははっとして、出した舌を引っ込めるのを忘れたまま、動きを止めた。

「お前さんは人間との悲しい記憶があるかもしれない。だからその子をずっと手元に置いておきたいのかもしれない。しかしどうしたってあんたが先に死ぬ。あとのことを考えれば、小さいうちにいろんなものを見せて、自分で考えて、将来を選んでゆけるようにしてやるのが、大人のつとめじゃないか」

　そう言われて、キイロはゴッホを思い出した。

　お姉さんからお金を貰い続け、あのうちにこもり、最後は焼け死んでしまった。あんなふうにはなってほしくない。

　キイロは決心した。

「見に行きましょう」

　ねこすて橋の夜猫たち、集会に来た猫のほとんどが、中畑家の庭に侵入した。

クリスマスを見たいのは子猫だけではないのだ。いっぺんには無理なので、上手に並んで、数匹ずつ縁側に飛び乗って、中を覗いた。

クロや灰色猫がまずは先に覗き、足場が安全だとわかると、目で合図した。

最初にキイロと子猫が縁側に上がった。子猫はなかなか上がれずに、キイロがくわえて飛び乗った。

窓から中を覗くと、キイロは眩《まぶ》しさに目がくらんだ。

部屋は、ゴッホのアトリエとはずいぶん違っている。

まずはとっても明るい。

ふかふかなソファがあって、じゅうたんがあって、空気が暖かそうだ。

女性の後ろ姿が見える。黒いものに向かって座っていて、両手を動かしており、中畑さんはそれを見ながら、ソファに座って飲み物を飲み、ご機嫌な顔をしている。

そしてロシアンブルーがいた。女性の足元で、香箱《こうばこ》を組んでいる。

何か、愉快な音楽が聞こえてくる。

「あれはピアノだよ」と誰かが言った。

「そうだピアノだ」

家猫たちが口々に言った。キイロはピアノを見るのは初めてだ。

「何か弾いてる」

「クリスマスだからクリスマスの歌に違いない」

「クリスマスソングだろ？」

「いや、違う。あれは『ねこふんじゃった』だよ」

「なに？　そんな曲があるのか。けしからん！」

太った牛柄猫が得意気に歌い出した。

「ねこふんじゃった、ねこふんじゃった、ねこふんづけちゃったら、死んじゃった」

猫たちはぎょっとして、ざわついた。

「なんだと？　それはまた恐ろしい歌だな」

聞いていた子猫は恐ろしさにしっぽがふるえ、「ぴーっ」と鳴いた。

目の前で母猫ときょうだいが死んだ。その記憶が甦ったのだ。

「嘘よ、こうじゃなかった？」

三毛猫のピカ姉さんが美しい声で歌い出した。

「ねこふんじゃった、ねこふんじゃった、ねこふんづけちゃったら、ひっかいた」

「それならよろしい」

「どっちだ？」

「ふんづけられたくらいで死んでたまるもんか」とクロは吐き捨てるように言った。

「ひっかいてやれ」

「そうだひっかいてやれ」

すると後ろの猫が文句を言った。

「早く進んでくれ」

みんなクリスマスを見たいのだ。

しかたなくクロたちは縁側から下り、順番待ちの猫たちが上がった。キイロと子猫は特別待遇で、気が済むまで見ることを許された。

ねこすて橋の猫にヒエラルキーは無いが、子猫と母親は優遇される。それは昔から暗黙の了解事項だ。種を守るための知恵なのだ。

子猫は言った。

「木が無いよ」

「そうね」

キイロは眩しい部屋の中に、クリスマスらしいものを探した。

「あったわ。ほら、ケーキがある」

テーブルの真ん中に丸くて大きな白いケーキがあった。

「クリスマスケーキがあるのだからクリスマスよ」

子猫はうれしそうにひげをふるわせた。

「ぼく、クリスマス見ちゃった！」

それから子猫は歌い出した。

「ねこふんじゃった、ねこふんじゃった、ねこふんづけちゃったら、ひっかいた」

そこまでしか知らないのでくり返し歌った。

ピアノの近くで香箱を組んでいたロシアンブルーが、子猫の歌に気付いて振り返った。人間には聞こえないが、猫には聞こえる周波数なのだ。

キイロはロシアンブルーと目が合った。

ロシアンブルーはすばやく走って来て、ガラス越しにキイロを見つめた。

ガラス一枚を隔てて会話した。

「良男ね」とキイロは言った。

「キイロだな」と良男は言った。

良男の青い瞳は健在だ。透明感があり、美しい。

キイロはゴッホが描いたひまわりの絵を思い出した。ひまわりと靴以外は青かった。

すーっと深く、美しい青。キイロは自分が青を好きなことに気付いた。そして良男が前よりも力強く、男子として成長していることに気付いた。

「無事で良かった。みんな心配してたのよ」

「一度死にかけたけど、なんとか助かった」

「ここは快適？」

良男は何も言わない。

けれど、キイロにはわかる。ひげやしっぽに満足な気持ちがあふれている。細かった体もがっしりとした。なにせ毛艶が良い。おいしいごはんと睡眠だけではここまで美しくなれない。心が充実しているのだ。

「沙織に会えたのね？」

「ああ」良男のひげはふるえた。

キイロは『ねこふんじゃった』を弾くおばさんの背中を見つめた。

あれが沙織？　意外なようでもあり、それらしくも感じた。

川で溺れかかり、ずぶぬれだった良男。夜の集会で、「沙織は恋人だ」と言い、みんなに笑われていた良男。「沙織が死んだらどうしよう」と、怪我が治りきらないうちにここを出て行った良男。今はこうして同じ部屋にいられるのだ。

「おめでとう」とキイロは言った。

青い瞳は、「ありがとう」と言うように輝いた。

キイロは気付いた。良男は今は猫なのだと。自分を人間だと錯覚して取り乱していたあの時とは違う。沙織に中畑というパートナーができたからかもしれない。良男は人間の代わりではなく、純粋に猫として愛され、存在することが許されているのだ。

沙織の充実が、良男の充実を作り出す。猫の幸せが人間の心に左右されてしまう悲しさをキイロは感じた。

良男の背後では、沙織が『ねこふんじゃった』を弾き続け、キイロの横では、子猫が『ねこふんじゃった』を歌い続けている。

良男は青い瞳でじっとキイロを見つめている。キイロはその瞳の中に自分が映っているのが見えた。

その時、これだ！　と思った。

もしゴッホが死なずに、わたしを描いたら、こういう絵になっていた。

中心にわたしがいて、その周囲は青いのだ。

良男の瞳の中に、描かれなかったまぼろしの絵がある。キイロはこの絵をずっと見ていたいと思った。

「猫の中で一番好きなのはキイロ、君だよ」と良男が言った。

キイロの心臓はどきんと大きな音を立てた。

美しくて生命力にあふれている。なんて素敵な男子なのだろう。わたしが待ち望んだお相手は、こんなところにいたのだ。

いつの間にか雪が降ってきた。猫たちはおおむね雪が嫌いだ。

「今夜は冷えると思ったぜ」

「川向こうの車の修理工場に避難しよう」

「トラックの下だ」

「いや、断然、室外機の上が暖かいよな」

「おれ、うちに帰る」

「あたしも」

外猫たち、家猫たちは、寝場所へ帰り始めた。風雪から身を守る場所は、それぞれが大切に持っている。外猫にとっては、財産と言っていい。

キイロの横では、子猫がはしゃいでいる。

「白い虫、白い虫、消える、消える」

初めて見る雪に、飛びかかって遊ぶ。

「外は冷えるだろう？　大丈夫か？」良男はキイロを気遣う。

「大丈夫よ。雪は嫌いじゃない。また来るわね」

キイロは子猫を促しながら、縁側を下り、中畑家の庭を出て、財産へと向かった。

この日から毎日、キイロは良男に会いに行った。

子猫が庭で遊んでいる間、ふたりはガラス越しに愛を語り合った。

舐め合うことも、触れ合うことも、子を生《な》すこともできないけれど、ふたりの心はもうすぐ訪れる春のように温かく、満たされていた。

第五話

ルノワール

秋生まれの子猫は冬を越せない。

悲しいことに、それが現実だ。

だから外に暮らす猫たちは春に恋をする。そして夏までに子を産む。すると子猫は寒さに耐えられる体に成長して、冬を迎えられるというわけだ。

ところがねこすて橋には、秋生まれの子猫がいた。

三毛猫の男子だ。

乳離れをする前に、親きょうだいと死別してしまった。「このままでは死んでしまう」と、ねこすて橋の猫たちはたいそう気をもんだ。

三毛猫のキイロが母親代わりに世話を焼くことになった。

キイロは子どもを産んだことがなく、子育ては初めてだ。遠い記憶をたぐりよせながら、子猫を育てた。

ゴッホがお手本だ。キイロがゴッホにしてもらったように、そっと扱い、けして怒らず、許し、抱きしめた。

ごはんは朝と夕方、ねこすて橋にやって来る三人の人間が与えてくれる。

キイロは時間になると橋へ子猫を連れて行った。

不安はあった。三毛猫の男子は人間にとってたいそうな貴重品で、売り買いされると聞いたことがある。子猫を取られてしまわないように、ぴったりと寄り添い、並んでごはんを食べた。

三人の人間の目には、本物の親子に見えていたようだ。

「いつ産んだのかしら」

「ほかの子は死んでしまったのかしら」

「栄養は足りているようだ」

三人は遠目に見守り、親子を切り離すことはしなかった。

それでもキイロは、人間を心から信用することはできなかった。

人間は時たま猫を放り投げるし、時たまリュックに入れて揺さぶるし、時たま火事を起こすし、まれに毒を盛る。

ゴッホの優しさは例外だ。彼は人間のうちに入らない、とキイロは考えていた。

寒い冬、子猫は元気いっぱい、椿の花びらで遊んだ。

真っ白な雪の上、真っ赤な花びらを追いかけた。一度、雪に足をとられて川に落ちたことがある。キイロは絶望で腰が抜けたが、黒猫クロが勇敢にも飛び込んで助けた。

びしょびしょの子猫とクロをみんなで舐め、温めて、二匹は命拾いをした。

椿が散ると、子猫は梅の香りに鼻をぴくつかせた。花は小さいが、たいそう良い香りがした。梅が咲き終わると、桃が香った。子猫は桃の花を目がけて木登りし、降りられなくなって「助けておかあさん」とキイロを呼んだ。

気が付けば三月も半ばを過ぎていた。

とにもかくにも子猫は冬を越すことができた。

キイロは安心し、神経質を卒業した。そう、母親というものは一定期間、神経質になる。人間界では育児ノイローゼと呼ばれたりもするが、小さな命を守るために、ある程度必要な症状なのだ。

さて、生後五ヵ月は生意気盛りだ。もう赤ちゃんではない、と自分では思っているのに、キイロはあいかわらず「かわいいぼーちゃん」と呼ぶ。

子猫は不服だ。

「名前で呼んでよ、おかあさん」

「名前？　だって、ぼーちゃんに名前は無いわ」

キイロが当然のことのように言ったので、子猫は驚いた。

「えっ、そうなの？　ぼく、名前が無いの？」

「そうよ、無いの」

子猫は落胆した。名前はあると思っていた。キイロがもったいぶって隠しているのだと思っていた。いい子でいたらご褒美に「実はね」と教えてくれると思っていた。

その日を心待ちにしていたのに！

「なぜぼくには名前が無いの？」

「やあねえ」

キイロはくすりと笑った。

「名前は人間が付けるものよ」

「え？」

子猫はさっきよりずっと驚いたため、しっぽが膨《ふく》らんだ。毛が逆立って、倍の太さになった。

キイロは自分の左前足を毛並みに沿って舐め始めた。子猫の驚きをほったらかして、平然と自分の毛繕いを始めたのだ。

子猫は寂しく思う。

最近キイロはよそよそしい。以前はまっ先にこちらを舐めてくれたのに。赤ちゃん扱いは嫌だけど、かまってくれないと不安になる。

キイロが毛繕いに夢中なので、子猫は自分で考えてみることにした。

名前は人間が付ける。

言われてみれば、ねこすて橋の猫たちは、名前で呼ばれるものと、そうでないものがいる。キイロの姉さんはピカと呼ばれているが、これは名前ではなくて、愛称だ。一番のべっぴんさん、の意味だもの。そうそう、体が小さいから、おちびさんと呼ばれているばあさん猫もいたっけ。

クロとかミーコとか、名前で呼ばれるものは、一度でも人と暮らし、名前を貰った猫なのだ。キイロはゴッホという人間に名前を貰ったと聞いている。

子猫は尋ねた。

「人間しか名前を付ける権利は無いの？」

キイロは毛繕いをしながら答える。

「権利というほど立派なものではないわ。人間には名前が必要なの。名前が無いと生きていけない不自由な生き物なのよ」

「不自由……」

「猫に服が要らないように、名前も要らないの。あなたはねこすて橋にいれば猫として自由に過ごせる。ごはんは保障されているし、恋愛もできる」

「恋愛？」

「もう少ししたら、あなたは女子を好きになる。あなたは幸せものよ。ここで自由に恋ができるのだから」

「恋なんて要らないよ」

「おばかさん」キイロは毛繕いをやめて笑った。

「そんなふうに思うのは、あなたが子どもだからよ。大人になれば、あなたはここで暮らしていることを幸せに思うはずよ」

子猫はむっとした。

子どもだから、大人にならなければ。

それを言われてしまうと、話にならない。

何も言い返せずにいると、キイロはそそくさと中畑家へ行ってしまった。どうりで熱心に毛繕いするはずだ。あそこにはキイロの恋人がいる。

恋ってそんなに良いもの？　ガラス越しに見つめ合って、何が楽しいのだろう？

そもそもそいつは良男という名前だった。今はピートっていうらしい。人間にふたつも名前を貰っている。なのに自分にはひとつも無い。

地面に足がめり込んでゆくような、落ち込み感がある。

子猫はふてくされた気持ちになった。

こういう気持ちを治すのは、おひさまが得意だということを子猫は知っている。生まれて五ヵ月も経てば、そのくらいはわかる。

ねこすて橋の欄干の上で、ひなたぼっこをすることにした。

子猫にとって、初めての春だ。

おひさまは平等だ。名前が無い猫にも光を注いでくれる。

ぽかぽかと背中が暖かくなってきた。

目を落とすと、斜め下の浅瀬には白サギがいて、小魚を狙っている。サギの名前は哲学者だ。そう言えば、それも人間が付けた。

名前が無いのは自分だけ、という思いが強くなる。

おひさま、ぽかぽか薬《ぐすり》をください。もっとください。

ありがとう、気持ちいい。
暖かい日差しにまどろみながら考えた。
キイロは自由自由と言うけれど、自由って、そんなに良いものだろうか？
ここにいれば自由をあきらめなくて済むとキイロは言うけれど。
自由って何？　恋のこと？
じゃ、不自由ってなんだろ？
知らないから、嫌とも思えない。
そうだ。夜の集会。
夜に猫が集まって議論が白熱すると現れる、白くて四角い顔の大きな年寄り猫。
キイロはあのかたと言う。つまりあの猫も名前を持ってないのだ！
子猫は桜の木の向こうにある柘植の茂みを見た。いつもあそこから出て来る。
相談してみよう。
立ち上がり、頭を左右にぶるんぶるん振ったら、眠気が覚めた。
ぽかぽかの背中で、子猫は柘植の茂みを訪ねた。
「こんにちは」

返答はない。子猫は困惑して口をぽかんと開けた。留守を想定していなかった。もう一度声をかける。

「あのかたさん、こんにちは」

シーン。

どうしようどうしよう。立ちすくんでいると、ようやく声が返ってきた。

「聞こえていますよ、こんにちは」

子猫はうれしかった。この声は何度聞いても惹き込まれる。しわがれた声なのに、花のような香りがする。

でもそのあと、子猫はどうしたらいいかわからない。顔が見えないと、話しにくい。

「あのーあのー」をくり返した。

すると再び良い香りがした。

「申し訳ありませんが、昼間は外へ出て行けないのです。どうぞ遠慮なさらず、入って来てください」

香りに吸い込まれるように中に入ると、茂みの中はまるで開いた傘のように空洞になっており、そこに白くて大きな体があった。

柘植の根元をぐるりと囲うように、体を横にして丸くなり、臥《ふ》せっている。見ようによっては、体から柘植が生えているようにも見える。

夜見た時はもう少し元気そうに見えた。今はまるで病気のように、両目をつぶっている。

子猫は尋ねた。

「死んだの？」

すると片目が開いた。灰色で、青目川の水面のように、きらきら輝いている。夜見た時は黄金色に光っていたのに。

「キイロさんの大切な少年ですね」

子猫は「少年」と呼ばれて新鮮な気持ちになった。橋のみんなは「ぼーちゃん」「ぼうず」「ちいさいの」「小僧」「ちびっころ」などと呼ぶ。それはどこか「おばかさん」に通じる匂いがして、不本意だった。

それにしても白い体が弱々しい。動かない。このままでは地面の染みになってしまいそうだ。

「ねえ、具合悪いの？」

「そう見えますか？」

「死ぬの？」

灰色の目は微笑んだ。

子猫は不思議に思った。その目は「死」という言葉に、とても楽しそうな反応をしたからだ。

「ねえ、死なないほうがいいよ」

子猫の言葉に、灰色の目はますます楽しそうに、まばたきをした。

「ぼくは薬を持ってるんだ。あげる」

子猫は勇気を出して白い大きな体にもぐり込み、お腹のところで背中を丸くした。するとぽかぽかの背中が白い猫の腹部に当たる。ぴったり、だ。子猫の顔に柘植の硬い根元が当たって痛いけど、我慢した。

頭のほうから、「ああ、温かい」と良い香りの声が降り注いだ。

「ああ、幸せです」と香《かぐわ》しい声が続いた。

柘植の中は良い香りに満ちた。

子猫は得意になった。

「すごいでしょう？　おひさまのぽかぽか薬」

「すごいですね、ぽかぽか薬」

「死なないよね？」

答えはなかった。その代わり、次の言葉が降ってきた。

「少年、あなたは発明家です」

声は耳からだけでなく、体を通じても響いてきた。

子猫は得意を通り越して、ふるえるほど幸せになった。

大きな体に包まれて、今は自分が温められているような気がする。するとまぶたが重くなった。睡魔に吸い込まれてゆく。

「少年」

「ふわ？」

「何か用があってわたしを訪ねて来たのでしょう？」

子猫はそう言われて、なんだっけと思った。眠い頭でとろとろ考えた。捜し回ると、忘れかけた用事は頭の片隅にあった。

「ぼく、名前にあこがれているんだ」

「名前？」

「名前が欲しいんだ。でも、おかあさんは猫に名前は要らないって言う」

「ほう、キイロさんがそう言ったんですか」

「おかあさんは名前を持ってる。だから、無い気持ちがわからないんだよ」

「キイロは素敵な名前ですからね」

「でしょ？　うらやましいよ。あのかたさんも名前が無いよね？　欲しくない？」

「わたしは……」

「欲しいでしょ？」

「要りません」

「えっ、なんで？」

「もう十七も貰いましたから」

「十七！」

子猫は大ショック。さっきまで名無し仲間だと思っていたのに、十七も持っているなんて！

落ち込みはしなかった。こうしてぴったり身を寄せ合っていると、ぽかぽか薬の効力が失われないようだ。

名前を貰えるコツを教えてもらおうと、前向きに考えることができた。

「たとえば、どんな名前？」

質問したあと、不思議なことだが、すとんと寝てしまった。

ぽかぽか薬の副作用か、あのかたのしわざかわからない。

だからここから先は、夢なのか、語られた話なのか、わからない。

仙吉《せんきち》は船に荷を積み終えた。

あとは川を下るだけだ。水竿《みさお》で岸や底をつつき、進路を操《あやつ》りながら、川の流れにまかせてゆく。今日はバランス良く積めた。荷の重さで船は安定し、すいすい進む。川風が心地よい。

ここは物流の町で、川沿いに蔵が並んでいる。多くは土蔵だ。

商売がうまくいった商店や問屋は、昔ながらの土蔵を潰して、西洋式の立派な蔵を建てる。それは無駄のない作りで、ねずみが入る隙もないと聞く。するとねずみ除けに飼われていた猫は要らなくなる。

西洋式の蔵を建てることを、「今年はね<ruby>こ</ruby>す<ruby>て</ruby>の予定だ」と誰かが言ったのが始まりで、今では商売がうまくいくことを「ねこすて」と言うようになった。

しばらくすると、ねこすて橋が見えてきた。

できたばかりの立派な橋だ。はぶりの良い蔵主たちが金を出し合って作った。商売繁盛を願って縁起の良い名前を付けたのだろうが、仙吉は「ねこすて」という言葉に抵抗がある。

仙吉は赤ん坊の頃、河原に捨てられた。声が枯れ、死にかけていたところを船頭に拾われたと聞いている。船頭仲間が住む長屋で、誰が親ということもなく、食べ物を貰い、寝床を貰い、生きてきた。「捨てる」という言葉をもろ手で歓迎する気にはなれない。

ねこすて橋が完成した日はお祭り騒ぎで、近所の人や船頭たちにまで酒や餅がふるまわれた。景気が良いのは喜ばしいことだが、橋は船頭にとって迷惑な存在だ。車でものを運ぶには便利だろうが、背の高い仙吉は頭を下げないと、くぐれない。

さてそろそろ頭を下げようと思ったら、橋の上から白い小さなものが落ちるのが見えた。続けて、女の叫び声が聞こえる。

「きゃーっ」

船が橋の下を通り過ぎる瞬間、船尾にいた仙吉は手を伸ばした。水面すれすれのところで、白いものをつかんだ。ねずみだ、と思った。

船はバランスを崩した。荷が落ちたらたいへんだ！

仙吉は水竿を駆使し、どうにか転覆を避けた。再び流れに沿って船は進み始める。

「無事ですか？」

声に振り返ると、橋の上から若い女が青い顔をしてこちらを見ている。桃色の花模様の着物を着て、黄色い帯をしめており、良いうちのお嬢さま、という感じだ。見ればわかるだろう、無事だ、というふうに仙吉はうなずいてみせたが、女は「待ってます！」と叫んだ。

「ここで待ってますから！」

川の流れが早く、あっという間に女は見えなくなった。すっかり軌道に乗った船の上で、仙吉は先ほど咄嗟に懐にしまったねずみを取り出してみた。

それはてのひらの上で、みゅう、と鳴いた。

雪のように白く、ひよこのようにふわふわの、赤ちゃん猫だ。片方が青い目で片方が黄色だ。両目を開き、仙吉をじっと見上げている。

そうか、あのお嬢さんはこの子が無事かを尋ねたのだ。この子を待っている、と言いたかったのだ。

仙吉は子猫を落とさぬよう、てぬぐいでくるみ、再び懐へしまった。子猫は顔だけ出して珍しそうに景色を見回している。

川からの風景のすばらしさは、なんと言っても広い空だ。水の音を聞きながら空を眺めるのが心地よいのだろう、子猫はおとなしく懐におさまっている。仙吉が得意先へ荷物を届け、船を乗り降りしてもじっとしていた。

帰りは夕陽が眩しい。

今度は流れを遡る。仙吉は汗だくで艪を左右に漕ぎ、進む。体を激しく揺らすので、懐から落ちてはいけないと、子猫を船底に下ろすと、逃げたりせずに良い子にしている。

最近、船頭仲間は動力を付け始めた。船外機を買うよう勧められたこともある。試しに動力船に乗せてもらったことがあるが、騒音に辟易《へきえき》した。

仙吉は十二の歳からもう十年、船に乗っている。このまま手漕ぎを貫き、体が利かなくなったら引退しようと考えている。

子猫は荷の無くなった船底でちんまりと座っている。艪を漕ぐ作業は激しいので、船は揺れる。すると子猫は尻餅をついたり、横に倒れたりするが、恐れることなく、むしろ揺れを楽しんでいるようだ。

やがてねこすて橋が見えてきた。

逆光で初めはわからなかったが、近づくと、お嬢さんが待っていた。

相当な時間が経っていたので、まさかと思っていた。仙吉はあわてて船を岸に着けた。お嬢さんは橋から降りて岸に駆け寄ると、仙吉から猫を受け取り、頬ずりをした。

「ありがとうございます」とお嬢さんは言った。

頬がふっくらとして、笑うとえくぼができた。指は細く真っ白だ。仕立ての良さそうな着物を身に着けている。良い暮らしをしているのだなと仙吉は思った。

「千代《ちよ》さま、こんなところにいらっしゃいましたか」

藍の法被《はっぴ》を着た男がやって来た。

「おとうさまがご心配なさいますぞ」

このあたりで一番大きな蔵を持つ大問屋の番頭だ。

老舗《しにせ》の呉服問屋だが、舶来ものも扱っており、仙吉もなんどか運搬を請け負った。蔵を複数持っており、次々土蔵を潰して西洋式の蔵を建てている。

この猫は、潰した土蔵から追い出された猫が産んだ子なのだろう。

「猫など捨てておしまいになってください」と番頭は言う。

「かわいいもの。一緒に暮らすの」お嬢さんは不服そうだ。

番頭はあきれ顔だ。

「一銭の価値も無い、そのへんにいくらでも落ちている、ただの猫じゃないですか。うちのお嬢さまが飼うものではありません。おとうさまが今度、セント・バーナードを手に入れるとおっしゃってましたよ。がっしりとしてて、たいそう立派な犬です」

「犬なんて、かわいくない！」

「全く困ったお嬢さんだ」

番頭は肩をすくめ、仙吉を見た。

「仙吉、川上まで運んでほしいものがある。明日の朝一番に蔵まで来てくれ」

「わかりました」

仙吉は船を漕ぎ出した。

日は沈み、あたりは青くなっている。

これから帰る長屋には猫なんぞうろうろしている。出たり入ったり子どもらと遊んだり、自由に生きている。自分もそういう猫と育ちは変わらない。特段かわいいとも思わないが、迷惑にもならない生き物だ。飼うの飼わないのと言い争うようなものだろうか。金持ちの考えることはわからない、と仙吉は思った。

その後、仙吉はたびたび千代を見かけた。

千代は三日に一度はねこすて橋に立ち、「仙吉さん」と声をかけた。必ず白い猫を抱いていた。飼うことが許されたのだろう。

仙吉は片手を挙げて挨拶する程度だった。なにせ仕事がある。船を停めるわけにはいかない。船仕事は日のあるうちに終えるのが鉄則だ。

千代はやがて夕刻に姿を見せるようになった。仕事を終えたあとなので、仙吉は船を停め、川辺で座って話を聞くことができた。大きな桜の木があり、たっぷりの青葉が優しい日陰を作ってくれる。

白猫は日々大きくなってゆく。青い首輪を着け、もうすっかり良いうちの猫という顔をしている。ふたりが話している間、船の上で遊んでいた。

千代はおしゃべりだ。お稽古ごとが面倒だとか、友だちが持っている扇子がかわいいのでうらやましいとか、生活の細々とした話をした。

ろくに学校も行ってない仙吉には想像もつかない世界で、まともな相槌は打てなかったが、まるで芝居を見るような楽しさがあった。千代は十六で子どもだったが、いろんなことを知っていて、二十二の仙吉より年上のように感じられた。

千代は白猫を「セン」と呼んでいた。

「橋から落ちた時、あのまま川に落ちたら死んでたでしょう？　命の恩人の仙吉さんから名前を貰ってセンにしたの。あとから気付いたんだけど、わたし、千代でしょう？　わたしの名前にもセンの字がある。センはわたしと仙吉さんの子どもみたいね」

無邪気な顔で千代は言った。

それを聞いた時、仙吉の胸は高鳴った。それまで別世界の人と思っていた千代が、急に手の届く存在に感じられ、とまどった。

ふと、おのれが身に着けているものを見た。筒袖の端がすり切れた単衣《ひとえ》の短い着物、汗がにじんでいる黄ばんだ股引《ももひき》。

それから千代の顔をまともに見られなくなった。ねこすて橋に千代の姿が無いと、物足りなく思い、あればあったで緊張もした。

そんなある日、番頭から声をかけられた。

「仙吉、うちのお嬢さんと親しくしているようだが、ほどほどにしておかないと、まずいことになるぞ」

「………」

「お前たち、深い仲なのか」

「けしてそのようなことはありません」

「わたしは子どもの頃からお前を知っている。真面目で、頭も良い。そんな間違いは起こさないと信じているが、相手は甘やかされて育ったお嬢さんだ。仙吉は男前だから、ちょいとしたままごと気分で、そばにいたいのだろう。しかしもう十六。縁談もある。変なうわさが立つと、縁談に響く。なるべくおまえのほうで避けてやってくれないか」

「わかりました」

それから仙吉は船頭仲間の鉄男《てつお》に航路を替わってもらい、ねこすて橋を回避した。鉄男は「もてる男はつらいね」とからかった。「お嬢さんが泣くぜ」とも言われたが、「そんな仲ではないよ」と仙吉は言った。

「お前は会いたくないのか」と聞かれたが、仙吉には想像力が無いので、千代の顔さえ見なければ、思い出すこともなかった。

しばらく平和な日々が続いた。

そのうち長屋の大家から、仙吉にも見合いの話があった。

二十二で稼ぎのある男が所帯を持たないのはおかしいと言われ、納得した。相手は別の長屋に住む魚屋の娘で、絹江《きぬえ》というおとなしい女だそうだ。仙吉は女の好みをどうこう言う気もなく、向こうさえ気に入ってくれれば、身を固めようと思った。

見合いの期日は決まった。近所の蕎麦屋で、立会人は大家だ。

見合いの朝のことである。

突然長屋に千代が訪ねて来た。侍女が籠《かご》を持っていて、中にセンが入っていた。貰ってくれないかと言うのだ。

「おとつあんが、舶来ものの猫を貰ってきて、センと折り合いが悪い」

という理屈であった。

「ペルシャという毛の長い猫なの。ふわふわで、作りもののようなの」

千代はその猫に夢中のようだ。

「ねえ、知ってる？　西洋では船に猫を乗せるのが常識なんですって。ねずみ除けのために乗せたのが始まりで、今では縁起物でもあるらしいわ。だから仙吉さんもセンを船に乗せればいい」

千代はしゃべり続けた。

長屋の場所は船頭仲間の鉄男に聞いたという。

久しぶりに千代を目の前にして、その声を聞いて、仙吉はもうしばらくこうしていたいと思った。これから見合いだと言えば、千代は帰ったに違いないが、言いたくなかった。だから見合いに行かなかったのは、自分の意志だと覚悟した。

千代は心ゆくまで話したあと、センを置いて侍女と帰った。

センは慣れない部屋でじっと仙吉の顔を見上げていた。青い目にはとまどいがあり、黄色い目には好奇心があった。

見合いの時間はとうに過ぎており、大家も魚屋もカンカンで、この話はお流れになった。会ったこともない相手なので、仙吉はがっかりもしなかった。

翌日から仙吉は白猫・センと船に乗った。

役に立たないと思っていたが、そうでもなかった。カラスを追い払うし、なにしろ雨の前日はよく顔を洗った。湿気を感じるようで、しつこく前足で顔をこするのだ。船乗りにとって天気予報は命綱だ。

はじめは船に猫がいるのをみな珍しそうに見ていたが、そのうち、仙吉の船にセンがいるのは当たり前の風景になった。

あいかわらずねこすて橋を避けていたので、千代に会うことはなかったが、センといると、千代のおしゃべりが聞こえてくるようで、仙吉の心は愉快であった。

ある時、荷の積み降ろしの際に船が揺れて、センが川に落ちた。

すぐに上がってくると思ったが、なかなか姿を見せなかった。仙吉は川に飛び込んでセンを救い、水を吐かせた。

自然に泳げる猫と、苦手な猫がいるが、センは苦手なほうの猫だった。

船に乗る猫がかなづちでは、命がいくつあっても足りない。

仙吉は川の浅瀬でセンを水に慣らすことから始め、少しずつ訓練した。万が一、水に落ちても死なないように。センを思ってのことだ。

センは嫌がったが、徐々に水に慣れ、どうにか浮かぶことができるようになった。

しかしいつまで経っても水が苦手なようで、達者とまではならなかった。

そうこうするうち、仙吉にとってセンは特別な存在になっていた。船でも一緒、寝るのも一緒だ。もう千代の代わりではない。友であり、家族であった。

そんなある日、船頭仲間の鉄男が仙吉にこっそりと手紙を渡した。

「千代お嬢さんから、お前にって預かった」と言う。

手紙からはお香の匂いがした。仙吉は手紙を開いてみた。しばらく見つめていたが、鉄男に返した。

「すまないが、読んでくれないか」

仙吉は字が読めないのだ。

鉄男は尋常《じんじょう》小学校に行ったので、字を読むことができた。

「無理矢理見合いをさせられ、お嫁に行かされることになりました。助けてくださいい、と書いてある」

仙吉は青ざめた。千代がいずれ嫁に行くのは納得していた。が、それは幸せな結婚だと思っていた。疑う余地もなく、めでたいことだと思っていた。

嫌なのに、行かされる。助けてと言っている。

天真爛漫《てんしんらんまん》な千代の顔がくもるのが見えた。仙吉はうろたえた。見たことのないものを想像したのは生まれて初めてのことだ。

「どうしたらいい？」

「あきらめるんだな」と鉄男は言った。

「嫁入りは明日と聞いている。助けるなら今夜しかないが」

鉄男は言いながら顔を横に振り、「無理なことはやめておけ」としめくくった。

鉄男は手紙を畳んで仙吉に返した。仙吉は手紙を懐にしまい、唇を嚙みしめた。

仕事の間も香の匂いが鼻について離れなかった。

その夜、仙吉は千代のいる屋敷に忍び込んだ。驚いた千代は泥棒と勘違いして大声で叫び、仙吉は警察につかまった。

派出所で仙吉は「お嬢さんが困っている」と説明した。警察官は証拠の手紙を取り上げ、読み上げた。

「お嫁に行くので会えなくなります。センをよろしくお願いします」

仙吉は耳を疑った。

「そんなはずはない。助けてくださいと書いてある」と言ったが、警察官は「妄想だ」と失笑した。

仙吉は最後まで「鉄男に読んでもらった」とは言わなかった。あいつも字が読めないのかもしれない、迷惑をかけてはいけないと、口をつぐんだ。

お嬢さんへの一方的な想いからの犯行と断定され、住居不法侵入の罪で、仙吉は三年間牢屋へ入ることになった。

長屋ではみんなが驚いていた。

「あのおとなしい仙吉がなぜ」

「信じ難い」

「恋の病だ」

鉄男は「馬鹿なやつ」と残念そうに言った。

鉄男は自分の船が傷んでいたため、仙吉の船を使うことにした。しかし白猫のセンが船に居座り、鉄男が近づくとフーッ、シャーッと威嚇《いかく》する。

長屋のみんなはセンに罪は無いと、いつでもごはんをあげる用意はあったのに、センは長屋に帰ろうとせず、いつまでも船で仙吉を待っていた。

鉄男はそんなセンが鬱陶《うっとう》しかった。

水竿を振り回し、センを船から追い出そうとした。しかしセンはますます獰猛《どうもう》になって、鉄男に飛びかかり、足首に噛み付いた。

鉄男は悲鳴を上げ、水竿でセンを突いた。水竿の先がセンの顔に当たった。

センはギャッと叫んで川に落ちた。

何人もの通行人がその様子を目撃していた。

鉄男は深手を負い、傷の治りが悪く、その後は足を引きずるようになった。船の仕事はできなくなり、どこかへ消えた。

センは川に沈んで消えたままだ。

みんな、センには同情していた。

主人の船を守ろうとした青い瞳の猫を偲《しの》び、川は青目川と呼ばれるようになった。

ところが、センは死んではいなかった。

川下に流されたが、どうにか這い出た。仙吉の訓練のおかげだ。

青い目を失ったが、黄色い目は見えるし、耳も聞こえた。虫やねずみを獲って、生きながらえた。白い毛は薄汚れ、体はごつごつとし、目付きはどんどん鋭くなっていった。

ねこすて橋に戻って来た頃には、すっかり風体が変わり、青い瞳を失った薄汚れた猫を見ても、誰もセンとは思わなかった。

センは青目川に沈んだまま、と思われていた。

三年後、仙吉は出所したが、行くところが無かった。

迷惑をかけた長屋へは顔を出せない。仕事といえば、船しか知らない。

途方に暮れて青目川へたどりつくと、桜が満開だった。

仙吉は桜の下で腰を下ろし、しばし川を眺めた。思い出すのはお嬢さんのことではなく、白い猫だ。一緒に船に乗り、風を感じた。

川は三年前と変わらず、左から右へ流れる。その迷いの無さは、清々しい。悔いも恨みも悲しみも、すべてを洗い流してくれるようだ。

ねこすて橋も健在だ。

ふと橋の下を見ると、沈みかけた船が停まっている。

まさかと思ったが、自分の船だ。木は朽ち、原型をとどめていないが、仙吉の船に間違いない。残っていたとは。

懐かしい思いで近づくと、船底にはゴミがたまっており、腐ったような臭いがした。泥や落ち葉が溜まり、ぼろ布まで捨ててある。掃除をしようとして触れると、布は生温かい。よく見ると、動物の毛だ。

死体？

仙吉の心臓がどきんと鳴った。聞こえたのだろうか、それは動いた。

骨張った四角い顔。片耳は折れ、片目が光る。
かすれた声でにゃおうと鳴いた。
「おかえり、仙吉」と言うように。
美しい青い瞳は失われたが、黄色い瞳は温かさを増していた。
「セン」
仙吉は猫を抱きしめた。

子猫は自分が抱かれたような気がして、目を覚ました。
柘植の茂みの中だ。
「胸が痛いよ」と子猫は言った。
子猫を抱くように横たわっている白い猫は「悲しいのですか」と言った。
「悲しいのか、うれしいのかわからない」と子猫は言った。
しばらく子猫は黙っていた。痛みに耐えるように、小さく息をしていた。
それからこう言った。
「鉄男が嘘をついたんだ。どうしてあんな嘘をついたんだろう?」
子猫は同じ夢を見ていたという確信があったので、そう尋ねた。

「ねえ、なぜ？　手紙には助けてくださいなんて書いてなかったでしょう？」

白い猫はおだやかに答えた。

「鉄男さんは絹江さんを好きだったんですよ」

「絹江？」

「仙吉さんのお見合いの相手の絹江さんです」

「だからって、どうして？」

「絹江さんは前から仙吉さんを好きで、だから大家さんに頼んでお見合いをすることになったのです。仙吉さんとのお見合いが流れたあとも、気持ちは変わらなかったみたいで、絹江さんは仙吉さんを想い続けました。鉄男さんは仙吉さんがうらやましくて、つい意地悪をしたのでしょう」

「そんなのおかしいよ。だって仙吉は悪くない。鉄男は絹江さんに好きだって、自分で言えばいいじゃないか」

白い猫は微笑んだ。

「そう簡単ではありません」

「どうしてさ」

「うらやましい気持ちが悪意を生むのです」

「悪意？」

「悪意を知りませんか？」

「よくわからない。だっておかあさんは名前を持っている。ぼく、うらやましいけど、意地悪はしないよ。あのかたさんなんて名前を十七も持ってるじゃないか。うらやましいけど、ぼく、意地悪はしないよ」

子猫は力んだ。

「おかあさんもあのかたさんもぼくは好きだよ」

「それはありがとうございます」

「悪意って何もの？」

白い猫は子猫の問いを味わうように、微笑んだ。

「悪意を知らないかたに、悪意を説明するのは難しいです」

「ほら、川沿いで毒を盛る事件があったじゃない。あれも悪意がやったの？」

「いつの世も悪意は存在します」

「どんなもの？　怖いの？」

「悪意は幼くてつまらないものです。気にすることはありません」

白い猫はあっさりと言った。

子猫は涙ぐむ。

「でも、仙吉さんがかわいそうだ」

「センが待っててくれたじゃないですか」

「うん、それは良かった」

「彼を待っていたのは、センだけではありません」

「え？」

「絹江さんも待っていたのですよ」

「ほんと？」

「仙吉さんはずっとまじめに生きてきたので、信じてくれている人がいたのです。仙吉さんとセンと絹江さんは、幸せに暮らしました」

子猫は「嘘くさい」と思った。

けれど、この胸の痛みを取るためにそう言ってくれるなら、信じたほうがいいと思った。そして、「悪意はつまらないもの」この言葉も信じようと思う。

ふいに「あっ」と大声が出た。子猫は白い猫の体から抜け出して言った。

「ひょっとして、あのかたさん、センなの？」

白い猫は微笑んだ。片耳が折れ、片目が無い。ぼろ布のような毛。仙吉を待っていたセンそのものの姿だ。

「わたしが初めて貰った名前はセンです」

「ねこすて橋ができたばかりってことは、じゃあもう百年も生きているの？」

「まさか」

白い猫はふっふっふっと可笑《おか》しそうに鼻を鳴らした。

「わたしはもう何度も死んでいます」

「えっ？」

「そして何度も生まれています」

「何度も？」

「ある時は黒猫でした。ある時はシャム猫でした」

「どういうこと？」

「猫は死んだあと生まれ変わるのです。普通、前の記憶は残りません。猫の記憶力はまちまちで、一週間前のことを覚えていない猫もいれば、五年間記憶が保持される猫もいるし、生まれてからの記憶をすべて持ち続ける猫もいます。少年を育てているキイロさんは、記憶力が高い猫です。ただ、前世の記憶はありません。無いのが普通です。ところがわたしは覚えています。わたしが特異なのです」

子猫は好奇心でいっぱいになった。

「何度も生きるって、どんな感じ？　それを覚えてるって、どんな感じ？」

白い猫は黙ってしまった。そんなに良いものではないらしい。

「十七個名前があるっていうことは、その回数生き返ったの？」

「もっと、です。名前が無い時もありましたから」

「つまり、人と関わらない生き方も経験したんだね」

「そうです」

「どちらが幸せ？」

白い猫は沈黙した。

「どちらが幸せ？」

「比べることはできません。ただ、人に名前を貰うと、その人間に支配されてしまいます」

「支配？　命令されるの？」

「いいえ、命令などしない優しい人間でも、名前を貰った途端、関係性が生まれるのです。どうしたってそこからは自由になれません。おそらくキイロさんもゴッホさんにとらわれて生きているはずです」

子猫は「自由」と言う言葉を嚙みしめた。キイロが何度も言う言葉だ。キイロは自由が重要だと考えている。ゴッホにとらわれているのが苦しいのだろうか。

「自由は良いもの？」

「自由は良いものではありますが」白い猫は慎重に言葉を選ぶ。

「すべてにおいて自由が上かというと、そうとも言えません。しがらみというのは、豊かなことでもあるのです」

白い猫はそこで言葉を終え、子猫を見つめた。「この先は自分で考えなさい」と言うように。

子猫は考えた。自由としがらみについて。

良い香りに包まれた柘植の茂みの中、白い猫の視線を感じながら考えた。

やがて気付いた。

自分は名前が欲しいのではなく、しがらみが欲しいのではないかと。

うらやましいのはキイロの名前ではない。ゴッホとの絆《きずな》がうらやましいのだ。

センが仙吉を思う気持ちは胸が痛くなる。でも、「出会わなかったほうがいい」とは思えない。

誰かを思い、とらわれる生き方に、子猫はあこがれた。

それがたとえ悲しい結末を迎えたとしても。

「あなたはいろんなものを見てきたから物知りだね」と子猫は言った。

「でもなぜそんなに丁寧にしゃべるの？　もっとえばっててもいいんじゃないかな」

「生きれば生きるほど、おのれの小ささを知ります。知れば知るほど謙虚になるものです。やがて少年もわたしと同じ気持ちになるでしょう」

白い猫はそう言ったあと、ふーっと大きくため息をついた。

子猫は白い猫の目をじっと見た。

「あなたはもう生まれ変わらないと決めたの？」

返事はない。灰色の目は光を失い、遠くを見るようだ。

「だから最期に一番初めの姿、青目川のセンに戻って、ここにいるんだね」

白い猫は目を閉じた。

「それともまた生まれ変わる？」

白い猫は動かなくなった。

子猫は白い猫に向かって呼びかけた。

「セン！」

その瞬間、柘植の中は良い香りにあふれ、根元が見えた。

白い猫は消えてしまった。

桜が咲いた。

青目川の遊歩道は桜の名所だ。

川沿いにはずらりと桜が並び、遠くから見ると、まるでうす桃色の雲がかかっているようだ。

栢植の木のそばにある桜は、中でも一番立派だ。樹齢三百年の大木で、ねこすて橋が架かる前から存在し、今も見事な花を咲かせている。

傍らのベンチで、中畑は沙織とおにぎりを食べている。たっぷりのご馳走がバスケットに詰まっている。

「ここの桜はすばらしいでしょう」

中畑はまるで自分の庭のように自慢げだ。

「ほんとうに」と沙織はうなずく。

「子どもの頃からここの風景は変わりません。東京とは思えない風景でしょう」

中畑の自慢は続く。

ぽかぽかと暖かい日差し。橋の下で哲学者は哲学をしており、その足元には透き通った水が流れ、川岸にはモンシロチョウが舞っている。

中畑は尋ねた。

「ご実家のほうの桜は、いつ頃咲くのですか？」

「そうですね。あと一ヵ月くらい先でしょうか」

「見に行きたいなあ」と中畑は言った。

沙織はごはんが喉につまりそうになった。

中畑はさらに言った。

「大石さんが育った場所を、わたしに見せてくれませんか」

沙織の目の前に、ぱあっと故郷の風景が広がった。

秘密の沼地。広い空。野鳥のいる林。その先にある、わき水が飲める場所。あのわき水は、中畑が猫たちに配るペットボトルの水より、きっとおいしい。

そして故郷の桜。胸がしめつけられるような、どっしりとした桜の姿。

沙織は不思議に思う。

うれしいのに涙が出そうだ。

「甥がいるんです。春くんといいます」

「良い名前ですね」

「会ったことはないのです」

一度だけ声を聞いた。五歳だった男の子。もうすっかり少年らしくなったことだろう。

中畑は言った。

「今度一緒にお土産を選びましょうか」

沙織は愉快になった。

会ったことのない甥に、子どもを持たないふたりが選ぶお土産。きっととんちんかんなものになる。一生懸命選んだつまらないものを大切に抱えて、ふたりで故郷を訪れる。

みんな元気でいてくれるだろうか。

親はびっくりするだろう。

兄嫁に似た春くんは、兄嫁に似た優しい心で、「これ欲しかったんだ」と大げさに喜んでくれるかもしれない。

中畑家の窓は、開け放たれている。

ピートとキイロは縁側でひなたぼっこをしている。ピートのすらりとした長い尾と、キイロのふっくらとした短い尾が並んでいる。

「君の大切なぼーちゃんは、最近ここに来ないね」

「あの子はそろそろ自分の生き方を選ぼうとしてる」

そうつぶやくキイロの後ろ頭をピートは慈しむように舐める。

「君はそれでいいの？」

「毛繕いは手伝えるけれど、生き方を選ぶことは手伝えないわ」

キイロは満足そうに目をつぶった。

すでに母と子のたっぷりとした時間を過ごしたのだろう。

川沿いではところどころにシートが敷かれ、家族がそれぞれに花見を楽しんでいる。

本日は日曜日。今年の桜は親切だ。休日に満開となった。

桜は見事だけれど、すべての家族に笑みがあるわけではない。

なっちゃんのおとうさんとおかあさんはしんみりとしている。

肝心のなっちゃんは家族のシートから離れて、ひとり橋の上で、スケッチブックに絵を描いている。白いサギの絵だ。

「なっちゃん！」とおかあさんが声をかけても、振り向きもしない。

「菜摘はこの先どうなるのかしら」

おかあさんはサンドイッチを不味《まず》そうにかじった。

この冬、おじいさんが体調を崩して入院した。そのことで家族はバタバタしたが、おじいさんは持ち直し、やっと最近退院のめどが立った。おとうさんもおかあさんもほっとしたが、気が付くとなっちゃんはひとことも話さなくなっていた。

「なんでもいい、前みたいにしゃべってくれたら」

おかあさんはため息をつく。

おとうさんも沈んだ顔だ。

「以前、菜摘の言葉がおかしいって言ってたじゃないか。母親があんまりほかの子と比べるから、萎縮しちゃったのかもしれないよ」

おかあさんはうなずいた。

「そうかもしれない」

いつもは言い返すおかあさんが素直に認めたので、おとうさんは驚いた。

「ごめん」とすぐに謝った。

「菜摘は親父の入院がショックだったんだよ。おじいちゃん子だから」

「そうね」

おかあさんは水筒のコップに紅茶を注いだ。すると桜の花びらがひとひら落ちてきて、紅茶に浮いた。

おとうさんはそれを見て、前にも同じことがあったのを思い出す。結婚する前のことで、恋人同士のふたりは、紅茶に浮かんだ花びらを見て、同時に笑った。あの頃、世界は明るく、毎日が愉快で、底抜けに気楽だった。

親になった途端、あの気楽さは永遠に失われるのだ。おとうさんは当時の自分が少しうらやましくもあった。

おかあさんは花びらを見つめながら言う。

「わたし、会社辞める」

「え？」

おとうさんは驚いた。

「だって君、やっと希望の部署に行けたって喜んでたじゃないか。打ち込んでいた企画もこれから始動するんだろ？」

おかあさんは花びらを浮かべたまま紅茶を飲み、ひとことひとこと、嚙みしめるように話した。

「朝、うちを出る時、菜摘が熱を出したらどうしようって思うの。菜摘がだだをこねたらどうしよう、菜摘がお腹をこわしたらどうしようって、考えるのよ」

「そりゃあ、そうだよ、ぼくだって。親ならみんなそう思うよ」

「それって、会社に行けなくなると困る、ってことなのよ」

おかあさんは言いながら橋の上を見た。

なっちゃんは絵を描くのをやめて、前を見ている。その視線の先には小さな何かがいる。三毛猫だ。まだ小さく、子猫のようだ。

「菜摘はわかっているのよ。全部わかってる。わたしが困るといけないから、大丈夫って顔をするの。何か言いたいことがあっても我慢してる。少しくらいお腹が痛くても、大丈夫って顔。わたし、その顔に甘えてる。良かった、我慢してくれてって。いつも気付かないふりをしてきた」

子猫はそろりそろりとなっちゃんに近づいた。

「菜摘があなったの、そういう小さな積み重ねじゃないかと思うの」

おとうさんは「君のせいじゃない」と言う。

「人は働かなくては生きていけない。しかたないじゃないか」

橋の上で子猫となっちゃんは見つめ合っている。

「親父が元気になれば、また菜摘を見てもらえる。もうすぐじゃないか」

「ええ、わかってる」

「君にだって人生はある。君にとっても大切な時間だ」

「ずっとってわけじゃないの。いつか仕事に戻る」

「本当に辞めるのか。辞めていいのか？」

「家計はきつくなるけど、菜摘と向き合う時間を作りたい」

おかあさんはきっぱりと言った。考えた末の結論のようだ。

おとうさんとおかあさんは四つの目でしっかりとなっちゃんを見つめた。

なっちゃんは子猫を抱いた。

おとうさんとおかあさんは立ち上がって橋へ向かった。

「なっちゃん、大丈夫？」

おかあさんが声をかけると、なっちゃんは子猫を抱いたまま、おかあさんを見上げた。そして言った。

「るのーわる！」

おとうさんとおかあさんは息をのんだ。

なっちゃんがしゃべった！

おかあさんは久しぶりの娘の声にほっとして、世界のすべてに「ありがとう」と頭を下げたくなった。

しゃがんで娘と目を合わせると、「るのーわる？」と復唱した。

なっちゃんは頰を真っ赤にさせて、力いっぱい「るのーわる！」と叫んだ。

それまで黙っていたおとうさんが、発見したように手を打った。

「なあ、あれじゃないか、美術館の絵」

おかあさんは「あ！」とおとうさんの目を見た。

そしておとうさんとおかあさんは同時に叫んだ。

「ルノワールの『猫を抱く子ども』！」

先週、三人で美術館に行った。絵が好きななっちゃんのために、久しぶりのお出かけだ。その時、なっちゃんが一番熱心に見ていたのは、ルノワールが描いた『ジュリー・マネの肖像、あるいは猫を抱く子ども』だった。

女の子が猫を抱いている絵で、その猫は確か、三毛猫だった。

「なっちゃん、すごいわ。画家の名前を覚えていたのね」

「しかも三毛猫だってわかってる」

なっちゃんは神妙な顔で両親の話に耳を傾け、「ルノワール」と正しく言い直した。

おかあさんの目から涙がこぼれた。

「そうよ、ルノワールよ」

子猫はなっちゃんに抱かれたまま、大人ふたりを見つめている。

バサッと大きな音がした。

橋の下にいた白いサギが飛び立ったのだ。子猫はびっくりして空を見た。なっちゃんもおかあさんもおとうさんも、上を見た。

雲ひとつない青空を真っ白な哲学者が飛んでゆく。その悠々とした姿は、見る人すべてに明るい未来を想像させた。

おかあさんは涙をぬぐいながら言った。

「この猫、うちに連れて帰りましょう」

なっちゃんは「いいの？」と言った。

ぷっくりしたほっぺにえくぼができた。

なっちゃんのえくぼ。久しぶりに見る娘のえくぼ。

おとうさんはもう若い頃の自分がうらやましくなかった。

「いいのよ」とおかあさんは言った。

「みんなで一緒に暮らしましょう」

なっちゃんはうれしくて、子猫のお腹に顔をうずめた。
子猫はおひさまの匂いがした。
こうして秋生まれの子猫はルノワールという名前を貰った。

崖下の猫

作家になる数年前の出来事です。

ある日、娘から電話がありました。「子猫を拾った」と。わたしは言いました。「捨てておきなさい」と。

外猫は外で生きるものと思っていました。そもそもわたしは猫を飼ったことがなく、馴染みがありません。子どもが「コウモリを拾った」と言ったら「手を離しなさい」と言いますよね？　それくらいの認識でした。

結局その子猫はわがやにやってきて、十七歳で息を引き取るまで一緒に暮らしました。娘がつけた名前は「いなもと」。わたしに嫌というほど猫というものを教えてくれました。シャムのような上品な見た目とは真逆の在野精神で、障子を引き裂き、ソファで爪を研ぎ、人を引っ掻き、時には噛み付き（わたしにだけ）、深夜に騒いで家族の睡眠を奪いました。

あくび、のび、寝姿、ジャンプ、排泄物。すべてが珍しかったわたしは夢中で彼を観察し、『猫弁』という小説を書いて作家デビューとなりました。

猫好き作家と誤認され、猫をモチーフにした作品の依頼が重なりました。「いなもとしか知らないんだけどな」と思いつつも、不思議と書けるんです。子どもの頃から猫と暮らしていたら珍しくもないことが、わたしにはいちいち驚くべき発見で、それが創作のエンジンとなりました。

猫好きではなく、ただのご縁です。娘が犬を拾っていたら『犬弁』、蛇を拾っていたら『蛇弁』になっていたでしょう。

『猫は抱くもの』は、「猫の集会のお話はどうでしょう」という依頼から生まれました。集会と聞いて「あ、時々開いているよね。見たことあるし！」と思ったのです。

わがやの近所に黒目川という一級河川があり、そこにかかるよしきり橋には夕刻になると猫が集まります。地域猫を世話するボランティアのかたたちが決まった時刻に橋でご飯をあげるのです。ここがねこすて橋のモデルです。

物語は刊行され、映画化もされました。時を経てこのたび講談社さんのお声かけにより、再び世に出られることに。新しい顔（牧野千穂さんの装画）もいただいて、感謝の気持ちで一杯です。

現在、猫の集会は見かけなくなりました。地域猫は一代限りの命で子孫を残せません。「人の手で管理したらいずれ外猫はいなくなる」と危惧していたら、ほんとうにきれいさっぱりいなくなりました。よしきり橋では現在若者たちがスケボーに興じています。

いなもともいなくなりました。命のカウントダウンに逆らって複数の病院に連れ回し、息を引き取る寸前までわあわあ騒いでしまった。さぞかしうるさかったことでしょう。あれはないな。ごめんね、いなもと。

縁で育てただけなので、次はありません。服に毛が付かないし、旅行にだって行けるし、猫なし生活も悪くはないはず。

ところがです。

いなもとの死から二年半経ったある日突然「猫を抱きたい」と思ったんです。酸欠にも似た苦しさを伴う急性猫欠乏症候群。いてもたってもいられず市内を歩き回りましたが猫は落ちていません。市外まで足を延ばしましたが落ち猫ゼロ。そこで保護猫サイトにアクセスすると、衝撃の事実に直面。

年齢その他の条件でわたしには猫を引き取る資格がないと。複数の団体にアクセスしましたが全部ダメでした。人生百年時代と言われていますが、還暦過ぎると犬猫を飼っちゃダメ。というのが動物愛護の基準だそうです。

崖下に突き落とされました。

しかくねーしかくねーしかくねーと幻聴カラスが鳴いています。

崖下は慣れています。長く生きてますからね。「またここ？」ってつぶやきながらわたしは納得しました。「了解。二度と猫と暮らしません」

そしてわたしは酸素を得る方法を思いつきました。

「禁断の地へ行ってナマ猫を眺めて暮らそう」

禁断の地というのはペットショップです。子どもの頃はデパートの屋上にあって、幼いわたしは小遣いをためて文鳥を買ったり、りすを買ったりしていました。時代は変わり、「命の売り買いはよくないもの」という論調が高まっていますが、わたしは全く別の理由（見たら全部連れて帰りたくなる）から足を踏み入れないようにしていました。

わたしは動物愛護団体から「飼う資格なし」とされた身。『ティファニーで朝食を』のヘップバーンのように「指をくわえて眺めるだけ」と心に決めて禁断の地に赴きました。

久しぶりのペットショップ。子猫たちがいます。驚くべきことに、全部いなもとの幼少期に見えます。熱心に見つめていたら店員さんに声をかけられました。

「抱いてみませんか？」

返事をする間もなく、いなもとがわたしの腕に抱かれました。どう見てもいなもとなんです。あまりにもそっくりなので、生まれ変わりじゃないかと思いました。久しぶりの猫の感触に正直打ちのめされた。高濃度の酸素にめんくらった感じ？　でもわたしは心得ています。この子はいなもとじゃないし、わたしには飼う資格がないことを。店員さんに子猫を返して逃げるように店を出ました。

翌日はホームセンターの片隅にある小さなお店を覗きました。生体数はほんのわずか、猫は一匹しかいません。その猫は去年生まれでだいぶ大きくて値段も下げてあり、見た目はいなもとと全く違います。店員さんは声をかけてきません。だから心ゆくまで眺めることができました。翌日もその子に会いに行きました。その翌日も行きました。店員さんは一度も声をかけてきません。資格がないのを見抜いているのか、売る気ゼロレベル。ついにわたしから声をかけました。

「抱かせてもらってもいいですか」

抱いた時、その子は震えていました。

「この子はびびりなんです。店に来てから人に抱かれるのは初めてなので」とのことです。それから毎日その子を抱きに行きました。店員さんは嫌な顔をせずに抱かせてくれました。購入を勧める言葉はなく、ふれあい動物園の如くです。わたしは「毎日来ちゃってすみません」と謝りました。するとこう言われました。

「ぱっと決めて連れ帰ってしまうより、こちらも安心なんです」

それから数日後にわたしはその子を連れて帰りました。

資格なしとされた身で、しかもお金で猫を手に入れてしまった。いなもとを拾った時は、いなもとのためであり、娘のためでした。心のどこかで良いことをした感触がありました。今回は自分のためです。猫にとっても社会にとっても良くないことかもしれません。でもわたしはやっと息ができた。

一生ぶんの贅沢をした気分です。

しばらくしてお店から「元気にしてますか」と電話をもらいました。ソファでくつろいでいる画像を（頼まれもしないのに）見せに行きました。

崖下で出会った猫はぶんぶんと名付けました。おしゃべりな猫で、会話ができます。実はぶんぶん、抱っこが苦手。お店で抱いた時に震えていたのは「嫌だから」だったんです。

猫は抱くものって、誰が言ったんだ？

二〇二四年一月一日　大山淳子

この作品は二〇一五年四月キノブックスより単行本として、
二〇一八年五月に文庫として刊行されました。

|著者|大山淳子　東京都出身。2006年、『三日月夜話』で城戸賞。'08年、『通夜女《つやめ》』で函館港イルミナシオン映画祭シナリオ大賞グランプリ。'11年、『猫弁〜死体の身代金〜』にて第三回TBS・講談社ドラマ原作大賞を受賞しデビュー、TBSでドラマ化もされた。著書に「猫弁」シリーズ、「あずかりやさん」シリーズ、『犬小屋アットホーム！』などがある。

猫《ねこ》は抱《だ》くもの
大山淳子《おおやまじゅんこ》

2024年2月15日第1刷発行

講談社文庫
定価はカバーに
表示してあります

発行者──森田浩章
発行所──株式会社　講談社
東京都文京区音羽2-12-21　〒112-8001
電話　出版　(03) 5395-3510
　　　販売　(03) 5395-5817
　　　業務　(03) 5395-3615
Printed in Japan

KODANSHA

デザイン─菊地信義
本文データ制作─講談社デジタル製作
印刷───株式会社KPSプロダクツ
製本───株式会社国宝社

ISBN978-4-06-534791-1

講談社文庫刊行の辞

二十一世紀の到来を目睫に望みながら、われわれはいま、人類史上かつて例を見ない巨大な転換期をむかえようとしている。

世界も、日本も、激動の予兆に対する期待とおののきを内に蔵して、未知の時代に歩み入ろうとしている。このときにあたり、創業の人野間清治の「ナショナル・エデュケイター」への志を現代に甦らせようと意図して、われわれはここに古今の文芸作品はいうまでもなく、ひろく人文・社会・自然の諸科学から東西の名著を網羅する、新しい綜合文庫の発刊を決意した。

激動の転換期はまた断絶の時代である。われわれは戦後二十五年間の出版文化のありかたへの深い反省をこめて、この断絶の時代にあえて人間的な持続を求めようとする。いたずらに浮薄な商業主義のあだ花を追い求めることなく、長期にわたって良書に生命をあたえようとつとめるところにしか、今後の出版文化の真の繁栄はあり得ないと信じるからである。

同時にわれわれはこの綜合文庫の刊行を通じて、人文・社会・自然の諸科学が、結局人間の学にほかならないことを立証しようと願っている。かつて知識とは、「汝自身を知る」ことにつきていた。現代社会の瑣末な情報の氾濫のなかから、力強い知識の源泉を掘り起し、技術文明のただなかに、生きた人間の姿を復活させること。それこそわれわれの切なる希求である。

われわれは権威に盲従せず、俗流に媚びることなく、渾然一体となって日本の「草の根」をかたちづくる若く新しい世代の人々に、心をこめてこの新しい綜合文庫をおくり届けたい。それは知識の泉であるとともに感受性のふるさとであり、もっとも有機的に組織され、社会に開かれた万人のための大学をめざしている。大方の支援と協力を衷心より切望してやまない。

一九七一年七月

野間省一